KB115173

한의 韓醫
스페셜
리스트

한의 스페셜리스트 13

가프 장편소설

초판 1쇄 찍은 날 § 2019년 1월 10일
초판 1쇄 펴낸 날 § 2019년 1월 17일

지은이 § 가프
펴낸이 § 서경석

총괄팀장 § 최하나
편집책임 § 이선근

펴낸곳 § 도서출판 청어람
등록번호 § 제387-1999-000006호
등록일자 § 1999. 5. 31
어람번호 § 제1-2994호

주소 § 경기도 부천시 부일로 483번길 40 서경B/D 3F (우) 14640
전화 § 032-656-4452 팩스 § 032-656-4453
http://www.chungeoram.com
E-mail § chungeorambook@daum.net

ISBN 979-11-04-91915-2 04810
ISBN 979-11-04-91658-8 (세트)

13

[완결]

가프 장편소설

FUSION FANTASTIC STORY

한의 韓醫 스페셜리스트

도서출판 청어람

한의 韓醫
스페셜
리스트

Contents

1. 아비규환 속에 선 두 명의 ◆ 7

2. 명의의 향기 ◆ 55

3. 극적인 금메달 ◆ 71

4. 명침보다 만보계 ◆ 109

5. 총명침과 유구조충 ◆ 141

6. 대의치국(大醫治國) ◆ 177

7. 99.9%의 송장 ◆ 203

8. 혼신, 그 위의 혼신 ◆ 233

9. 에필로그—신의 선물! ◆ 273

1. 아비규환 속에 선 두 명의

이 작품은 작가의 창작입니다. 실제 한의술과 다를 수 있습니다. 소설로만 읽어주시면 고맙겠습니다.

이날, 치맥 파티는 조금 더 이어졌다. 이영철이 간 후 걸려 온 아버지의 전화 때문이다. 기가 막히는 희소식이었다.

—채 원장.

아버지의 목소리에 힘이 들어가 있었다. 맹세코 태어나 처음 들어보는 자신감 있는 목소리였다.

'공진단 때문인가?'

처음에는 그렇게 생각했다. 분투하는 아버지를 위해 비법 공진단을 선물한 윤도였다. 하지만 아버지의 목소리는 그보다 더 높이 날아올랐다.

—나 코스닥 먹었다.

아버지가 비밀의 봉인을 풀었다. 처음에는 무슨 코스 요리를 먹었다는 줄 알았다. 하지만 그런 거 먹었다고 자랑할 아버지가 아니다.

"뭐라고요?"

다시 묻자 경천동지할 소식이 귀를 뚫고 들어왔다.

—아버지 회사가 마침내 코스닥 벤처기업 상장 요건을 갖췄다고.

"예?"

—아버지도 이제 상장회사 대표가 된다. 그동안 밀어줘서 고맙다.

"아버지."

—아아, 네 활약에 비하면 깜냥도 못 되지만 그래도 이 아버지에게는 소중한 회사니까. 중국 쪽과도 핫라인이 연결되어서 매출도 더 늘어날 것 같다.

"축하드립니다. 정말 잘됐네요."

—시원한 치맥으로 한잔할까? 오늘은 좀 마셔야겠다.

"그럼 제 한의원으로 오세요. 제가 대한민국 최고의 장작구이 셰프를 초빙해 두었습니다."

—오케이. 윤철이도 부르고 네 엄마도 모셔라. 나 서류만 정리하고 바로 날아간다.

"알겠습니다."

윤도가 전화를 끊었다 .

"뭐 좋은 일 생겼습니까?"

옆에 있던 진경태가 물었다.

"아버지 회사가 코스닥에 상장되려나 봅니다. 한길만 파더니 기어이 일내시네요."

"여기서 회식하시게요?"

"장작 치맥 죽이잖아요? 같이하세요."

"무슨 말씀을. 그런 자리에 제가 끼면 분위기 깨집니다."

"무슨 소리예요? 아저씨랑 저랑은 한 가족이나 마찬가지인데."

"아, 이러면 눈치 없다는 소리 들을 텐데……."

"괜한 말씀 마시고 앉으세요. 이것도 업무 지시입니다."

"허어."

"구 사장님, 저희 가족이 온다고 하네요! 죄송하지만 통닭구이 좀 넉넉하게 부탁드립니다!"

윤도가 구대성의 아버지를 향해 외쳤다.

창!

잔이 허공에서 춤을 추었다.

"코스닥 상장회사 채혁수 사장님의 1조 클럽을 위하여!"

윤철이 일어나 바람을 잡았다.

"야, 너무 오버 아니냐? 1조 클럽이면 40 대 대기업 안에 들어야 하는데."

아버지가 너스레를 떨었다.

"아버지는 하실 수 있어요. 솔직히 구멍가게 가지고 코스닥까지 왔는데 1조 클럽이야 껌이죠."

"짜식이 터진 입이라고 말은. 나 이제 늙어서 현상 유지도 버겁다."

"걱정 마세요. 제가 지금 회사에서 실무 쌓아가지고 도와드릴게요."

"얼쑤? 내 기업을 날로 접수하려고?"

"에이, 속 보였네."

윤철이 뒷목을 긁으며 장단을 맞추었다.

"중국 쪽 거래도 늘어날 거라고요?"

윤도가 아버지에게 물었다.

"국제 추세가 그렇지 않냐? 말도 많고 탈도 많지만 사업가가 중국을 제치고 사업하기는 어려워."

"다행히 연결이 잘되었나 보군요."

"내가 채 원장 이름 좀 팔았다. 그쪽 거래처에서 족보도 없는 기업이라고 무시하길래 한마디 해줬지. 당신들 베이징 독감의 비극을 막아준 명의가 누군 줄 아느냐고. 너희가 고맙다고 훈장까지 준 명의가 내 아들인데 어디서 감히 족보 타령이냐고.”

“그게 통해요?”

“당연하지. 인터넷 검색해서 너랑 찍은 내 사진 보여줬더니 바로 꿇더라.”

“아버지도 그거 써먹었어요? 저도 써먹었는데.”

듣고 있던 윤철이 끼어들었다.

“너는 왜?”

“저도 중국 조인트 파트너랑 트러블이 생겼거든요. 우리 제품 제치고 일본으로 구매처 옮긴다기에 형 이름 좀 팔았죠. 그랬더니 바로 꼬리 내리고 재협상 날짜 잡자고 하던데요.”

“흐음, 어쩐지 요즘 귀가 간지럽다 했더니…….”

윤도의 목에 힘이 들어갔다.

“자, 아무튼 축하드립니다. 앞으로 쭉쭉 진격하세요.”

윤도가 잔을 들었다. 허공에서 부딪치고 시원하게 한 모금 넘겼을 때다. 전화기가 울었다.

“아, 이럴 때 또 누가…….”

전화기를 집어 드는데 발신인 이름이 또렷하게 눈을 차고 들어왔다.

[손석구 선생님.]

손석구?

중증외상의 명의 손석구였다. 그라면 허튼 전화를 할 사람이 아니다. 테이블에서 떨어져 목청을 고르며 전화를 받았다.

"선생님, 웬일이세요?"

—채 선생님, 혹시 지금 시간 좀 됩니까?

손석구의 목소리가 다급했다.

"왜 그러시죠?"

—뉴스 못 보셨군요? 서해에서 엄청난 사건이 터졌습니다.

'서해?'

—불법 어업에 나선 중국 선단을 쫓아내던 우리 해경 함정이 중국 어선과 실랑이를 벌이다 충돌하면서 양측에 엄청난 사상자가 났어요. 지원 나간 다른 함정이 피아 식별 없이 구조해 싣고 오고 있다는데 총상에 화상, 익사자까지 뒤섞여 있어 선생님 도움이 필요합니다. 도와주실 수 있습니까?

"……!"

윤도의 숨소리가 멈췄다. 전화기에서 나오는 헬기의 프로펠러 소리 때문이다. 손석구는 이미 현장으로 날아가고 있는 모양이다.

"가야죠. 어떻게 하면 됩니까?"

—일단 저희 병원으로 가주십시오. 현장을 파악하는 대로

상황을 보고드리겠습니다.

손석구의 목소리가 멀어졌다.

'서해?'

윤도가 대기실로 뛰었다. 뉴스를 틀었다. 긴급 속보가 나오고 있었다.

[속보입니다. 조금 전 서해 해상 배타적 경제수역을 침범해 불법 어업을 하던 중국 어선들이 퇴거를 명령하는 우리 해경 함정을 들이박아 함정이 전소되는 대참사가 일어났습니다. 중국 어선은 30여 척이 떼를 지어 불법 조업을 하다가 경고 방송조차 무시하고 공포탄을 쏘는 우리 함정을 무력으로 협공하는 만행을 저질렀습니다. 인근 지역의 해군과 해경이 지원에 나서자 달아나던 중국 어선들이 높은 파도로 인해 서로 충돌하면서 화재까지 발생해 세 척이 불타는 등 많은 인명 피해가 속출하고 있습니다. 해군과 해경은 선체의 불을 끄며 구조에 나섰지만 최소한 여섯 명이 죽고 20여 명이 중경상을 입은 것으로… 정부는 확보된 증거를 토대로 중국 어선의 폭거에 대해 중국 당국에 엄중 항의하는 한편 나포한 여섯 척의 어선에 대해 일벌백계로 다스릴 것을 천명…….]

"형."

뉴스가 진행되는 중에 윤철이 들어왔다.

"쉿!"

"왜? 응? 서해 대형 사고?"

"사람이 많이 죽고 다친 모양이야. 손석구 교수님이 SOS를 날려왔어."

"손석구?"

"우리나라 중증외상 치료의 1인자. 나 뒤로 좀 나갈 테니까 아버지한테는 나중에 말씀드려. 분위기는 네가 좀 잘 살리고."

"알았어. 운전 조심해."

직장 물을 먹어서인가? 윤철은 금세 상황을 인식했다. 서둘러 침을 챙기고 약침도 넉넉하게 넣었다. 다행이었다. 한두 시간만 늦었어도 술에 취했을 일. 이제 맥주 한 잔 마신 윤도였다.

'아버지, 죄송합니다.'

—청송대학병원.

내비게이션을 찍으며 떠들썩한 테이블 쪽을 바라보았다. 아버지의 쾌거는 축하할 일이지만 의료인에게는 사람의 생명이 먼저였다. 축하주는 나중에 또 마시면 될 것이다.

띠뽀띠뽀!

해경차가 앞서 길을 열었다. 한의원을 나온 지 얼마 되지 않아 받은 연락이다. 국가재난처를 통해 상황 지시를 받은 해경에서 윤도에게 순찰차를 붙여준 것이다. 그건 손석구의 조치였다.

—비상 상황, 채윤도 한의사가 필요함.

손석구의 요청은 바로 접수되었다.

해경 책임자는 선조치를 취하며 국가안전처와 청와대에 보고했다.

손석구가 요청한 의료인.

동시에 국민적 신망을 받는 채윤도. 그를 안전하게 인도하라는 특명이 떨어진 것이다.

윤도는 쉬지 않았다.

때로는 순찰차를 앞서 달렸다.

몇 번이고 속도위반에 걸렸겠지만 개의치 않았다. 속도위반 따위가 중요한 게 아니었다.

"채윤도 선생님?"

청송병원에 도착하자 수련의 한 사람이 달려왔다. 병원은 이미 아수라장이었다.

헬기장에서는 헬기들이 부산하게 뜨고 내리고 있었다. 중증외상센터는 물론 병원 의료 인력에 총동원령이 내려진 상태. 해경 가족과 기자들까지 장사진을 이루며 지옥의 한 장면이 펼쳐져 있었다.

"채윤도다!"

병원 입구에서 누군가 소리쳤다. 동시에 수십 명의 가족들 시선이 윤도에게 겨눠졌다.

"와아!"

인파가 환호했다. 죽은 사람도 살린다는 채윤도의 등장. 그들에게는 무엇보다 힘이 되고 있었다.

"우리 아들을 살려주세요."

"우리 오빠 잘 부탁해요."

여기저기에서 울음이 터져 나왔다. 가족들의 염원이 윤도의 어깨에 무겁게 걸렸다. 그 옆으로 치명상을 입은 해경이 실려 가고 있었다. 중국 어민들도 보였다. 몇몇은 이미 시트로 얼굴을 가렸고, 몇몇은 차마 똑바로 볼 수 없는 중증외상이었다.

"젠장!"

수련의를 따라가던 윤도가 폭발했다.

"왜 그러십니까?"

수련의가 돌아보았다.

"뛰어요. 지금 이렇게 한가하게 걸을 때입니까? 일이 분 사이에도 몇 명이 죽어나가 자빠질지 모르잖아요?"

"죄송합니다."

"말하지 말고 뛰라고요. 중환자들은 어디에 있는 겁니까?"

"이쪽으로."

수련의가 앞서 뛰었다.

"우어어!"

"아아아아!"

앞쪽의 밀린 침상에서 중증외상 환자들의 비명이 터져 나왔다.

그 안쪽이 중증외상센터 병동이었다. 일반 환자를 비우고 총력전을 펼치고 있는 병동. 차마 눈 뜨고 보지 못할 지옥이었다.

아비규환.

그 단어가 거기 있었다.

"손 선생님은요?"

상의를 벗으며 물었다.

"지금 초응급환자와 함께 날아오고 계신답니다."

"소독약 좀 주세요."

"예?"

"소독약이요. 손 선생님 오실 때까지 손 놓고 기다리란 말입니까?"

멀뚱거리던 수련의는 그제야 정신을 차렸다. 소독약을 받아 들고 손부터 씻었다. 가운을 걸치고 가까운 환자에게 출격했다.

의료진이 몰려들어 AED, 즉 제세동기로 사투를 벌이는 환자였다.

펑!

소리와 함께 젊은 해경의 가슴이 거칠게 튕겨 올랐다가 내려갔다. 그래도 심장은 반응하지 않았다.

펑펑!

소리만 속절없었다.

"하아!"

의료진이 한숨을 내쉬었다. 틀렸다는 사인이다.

"잠깐만요."

윤도가 나섰다. 거두절미하고 발목 안쪽의 태계혈을 체크했다.

목숨은 선천의 정을 간직한 신장이 좌우하는 것. 태계혈의 반응이 끊기면 끝장이다.

"수한아, 수한아!"

의료진 뒤에서 해경의 가족이 몸부림을 쳤다. 피로 얼룩진 군복을 보니 이경이다. 어쩌면 첫 임무였는지도 모른다. 나이 또한 갓 스물을 넘은 해경. 가족의 원통함이 하늘을 찌르고도 남을 일이다.

'제발……'

윤도는 갈구했다. 낮까지도 웃고 떠들었을 이 목숨. 신성한 조국의 바다를 사수하기 위해 출동한 임무. 그 숭고한 마음처럼 제발 단 한 올의 맥이라도 뛰어주기를.

"수한아!"

가족들 중에서 할머니가 제일 먼저 무너졌다.

"아유, 어머니!"

그 위로 어머니가 포개졌다. 이런 날벼락이 있을까? 해역을 침범한 도적 떼를 쫓다가 당한 불의의 참사. 30여 척 선단을 믿고 도발한 중국 어선들. 벌금이 두려워 자행한 짓치고는 그 대가가 너무 컸다.

해경의 태계혈은 끝내 반응하지 않았다.

침을 뽑아 들었다.

마지막 수단으로 신주와 신수혈, 명문혈에 장침을 찔렀다. 신장을 자극해 맥을 살려보려는 의도였다. 그게 통했다.

'웃!'

윤도의 머리카락이 삐쭉 일어섰다. 태계혈에 반응이 온 것이다.

'오케이!'

서둘러 침통을 열었다. 사관을 시작으로 혈문을 활짝 열었다. 곡지, 족삼리, 합곡혈에 이어 응급조치의 마무리로 백회혈을 찔렀다.

꿈틀!

침감을 넣자 해경의 손가락이 움직였다.

"움직입니다!"

수련의가 소리쳤다. 미친 듯이 침을 감던 윤도는 해경 안에 들어온 죽음의 사기를 단숨에 밀어내려는 듯 전광석화처럼 침을 풀었다.

울컥!

해경 입에서 액체가 넘어왔다. 그와 동시에 꺼졌던 심장의 박동이 돌아왔다.

"살렸습니다! 채 선생님이 살렸어요!"

수련의의 외침은 희망으로 퍼져 나갔다. 해경의 조모와 어머니는 저만치에서 윤도에게 허리를 조아려 고마움을 표했다. 그때 손석구가 들어섰다. 그의 가운은 이미 피투성이였다.

"채 선생님."

"손 선생님."

두 사람이 참화의 가운데서 만났다. 한방 최고 명의 채윤도, 양방 중증외상의 최고 권위자 손석구. 포화의 야전병원을 방불케 하는 아비규환 속에서 두 콤비가 손을 잡았다.

* * *

[사망자 8명(해경 3명, 중국 어민 5명).]

[중상자 17명(해경 5명, 중국 어민 12명).]

[경상자 5명(해경 2명, 중국 어민 3명).]

방송에서 속보가 흘러나왔다.

[화면에서 확인되다시피 중국 어선들의 명백한 불법 도발입니다. 이들은 높은 파도를 틈타 선단을 이룬 채 불법 조업에 나섰습니다. 이들을 처음 발견한 해경 함정이 출동합니다.]

참사의 바다에서 사건을 보도하는 기자의 표정은 비장했다.

[우리 해경은 중국 선단에 1차 퇴거 명령을 내립니다. 하지만 중국 선단은 대형 어선을 중심으로 오히려 위협을 가합니다. 배 위의 선원들은 흉기를 과시하고 개량 새총으로 쇠 탄환을 쏘며 무력시위를 하는 모습이 화면에 보입니다. 생명의 위협까지 느낀 해경이 스펀지탄과 공포탄을 쏘며 선두의 어선에 접근하자 대형 어선이 해경 선박을 양쪽에서 들이박는 만행을 서슴지 않습니다.]

기자가 바다를 가리켰다. 해경과 해군이 야광탄으로 바다를 밝힌 채 남은 실종자를 수색하는 모습이 보였다. 그 화면 뒤로 영상이 나왔다. 개량 새총이 날아들며 해경이 쓰러졌다. 참다못한 해경이 실탄 사격을 퍼붓는 그림이다.

[선미를 받친 해경 함정에서 불길이 치솟습니다. 순식간의 일이라 손을 쓰지 못하고 당하고 맙니다. 5분 후에 인근의 우리 해군 함정과 해경이 출동합니다. 중국 선단은 그제야 그물을 버리고 도주합니다. 그러나 일부 어선이 그물을 회수하는

과정에서 파도에 쓸리며 자국 어선끼리 충돌하는 아비규환이 벌어집니다. 이들 어선에도 불이 붙으며 희생자가 늘어났습니다.]

다시 화면이 나왔다. 바다 위의 화재는 속절없어 보였다.

[한편, 우리 정부의 강력한 항의에 대해 중국 국가해양국 측은 진상 파악 중이라며 정면 대응을 피하고 있습니다. 이상으로 사고 해역에서 TBS 황의만입니다.]

무려 30여 명의 사상자를 낸 사고. 국민 여론은 들끓고 정부는 상기되어 있었다.

다음 화면은 청송병원의 중증외상센터였다. 윤도가 보였다. 손석기도 보였다.

[여기는 사고대책본부가 차려진 청송병원 중증외상센터입니다. 중증외상 분야의 최고 전문가 손석구 교수와 신의로 불리는 채윤도 한의사가 응급환자들을 돌보고 있습니다. 채윤도 한의사는 벌써 심장이 멎은 해경 한 명을 살려내고 손석구 교수와 콤비를 이루어 응급환자들의 회복에 총력을……]

화면 속에서 의료진이 뛰고 있었다. 마지막으로 실려 온 화상 환자였다.

30여 명의 사상자.

당장 파악된 사망자만 해도 해경 셋에 중국 어민 다섯 명, 거기에 중증 화상과 총상 환자가 무려 11명. 사망자가 늘어날 수밖에 없는 상황이었다.

"중증 화상 환자부터 손을 대야 할 것 같습니다."

손석구가 방향을 제시했다.

"제 생각은 다릅니다."

윤도가 고개를 저었다.

"다른 생각이 있습니까?"

"선생님은 우선 절박한 환자를 구하고 계십시오. 저는 사망자를 체크해 보겠습니다. 숨이 끊어지지 않은 사람이 있다면 거기부터 구해내야죠."

"사망자들을요?"

"죄송하지만 물에 빠져 죽은 사람의 경우 하루가 지나지 않았으면 살릴 수도 있습니다. 어디든 맥이 조금이라도 남아 있는 환자 역시 기사회생혈로 되돌릴 수 있고요."

"그렇군요. 죄송합니다. 제가 너무 양방 기준으로 생각했습니다."

손석구가 동의했다. 윤도는 사망자 쪽으로 뛰었다. 일부는 벌써 냉동실에 들어가 있었다. 그들도 모두 꺼내도록 지시했다.

중증외상센터의 의료진과 각 과의 지원 의사들, 간호사들은 토를 달지 않았다. 청와대와 대책본부에서 채윤도와 손석구의 요청에 절대 협력하라는 특명이 떨어진 까닭이다. 사망자를 확인하던 중국 대사관 직원도 그랬다. 그 역시 윤도의 존재를 알고는 적극 협력했다.

덜컹! 철컹!

냉동실이 열리며 막 들어간 시신들이 나오기 시작했다. 윤도의 앞에 도열한 시신은 모두 여덟 구였다.

"원장님!"

심호흡을 하는 순간 귀에 익은 소리가 들렸다. 돌아보니 정나현과 승주였다.

둘 다 간호복 차림이었다.

급보를 듣고 윤도의 소재를 알게 된 그들이 진경태의 인솔로 출동한 것이다.

"인사는 나중에 하고 태계혈과 태충혈을 잡을 수 있도록 준비시키세요. 인중혈과 용천혈, 백회혈도 확보하세요. 어서요!"

윤도가 소리쳤다. 목이 멜 정도로 반가운 얼굴들이지만 감정을 표시할 여유도 없었다.

태계혈.

또다시 태계혈과의 싸움이다. 그 맥이 뛰는 사람은 살 것이오, 뛰지 않으면 죽을 것이다.

하지만 다른 구제법도 있었다. 윤도는 모든 가능성을 열어두고 망자의 맥을 잡기 시작했다.

여덟 명.

첫 진맥에서 하나를 건지는 개가를 올렸다. 그의 인중혈과 용천혈, 백회혈에 기사회생 장침을 찔렀다. 침은 거기에서 멈추지 않았다.

남은 일곱 명 모두에게도 기사회생의 장침이 시침되었다. 다시 한 명의 목숨이 돌아왔다. 그때마다 지원하던 간호사와 수련의들이 환호성을 질렀다.

남은 건 여섯. 그때 대책본부의 부본부장이 윤도에게 다가섰다.

"……?"

귀엣말을 들은 윤도가 소스라쳤다. 사망자 명단으로 나간 중국 선장 때문이었다. 공교롭게도 중국 국가해양국 수장의 친인척인 모양이다.

―살리기만 하면 서해 불법 어업을 뿌리 뽑을 옵션이 될 수 있습니다.

부본부장의 귀엣말이다.

"나가 계시죠."

윤도가 출구를 가리켰다. 목숨은 다 같은 것, 더구나 선장은 불법 어업을 주도하며 참극의 원인을 제공한 사람이다. 목숨 앞에 차례가 있을 수 없지만 이미 꺼진 목숨들. 가능하면 해경부터 챙기고 싶은 게 윤도의 마음이다. 여섯 시신을 놓고 하나씩 침감을 더하기 시작했다. 인중혈부터 땀이 흘러내렸다. 용천혈을 지나 백회혈에 이르자 앞이 보이지 않을 지경이다.

"원장님."

윤도를 아는 승주는 목이 메었다.

"진정해. 원장님 방해하면 안 돼."

정나현이 승주를 달랬다. 그녀들이 할 수 있는 것, 그건 윤도를 방해하지 않고 보조하는 것. 정나현은 그 본분에서 흔들리지 않았다.

꿈틀!

신침은 달랐다. 죽은 해경의 손가락이 움직였다.

"원장님!"

승주가 소리쳤다. 윤도는 여세를 몰고 갔다. 백회혈에서 임맥을 깨워 독맥과의 길을 이어놓았다. 그 기세가 신장에 닿고 심장에 닿았다. 해경은 세 번째로 기사회생했다. 하지만 하나 남은 해경은 도리가 없었다. 태계혈의 불이 꺼진 걸 알면서도, 기사회생혈에도 감이 오지 않는 걸 알면서도 처절한 사투를 멈추지 않았다.

"원장님."

승주가 고개를 돌렸다.

"포기는 아니야. 조금 쉬었다가 다시 해보자고. 환자도 힘들 테니까."

윤도가 중국 어민들에게로 옮겨갔다. 숨을 쉬지 않는 해경이지만 윤도에게는 아직 환자였다. 그저 잠시 미뤄둘 뿐이다.

남은 사망자들은 익사자와 심장마비자였다. 익사자들을 한쪽으로 모았다. 동의보감에 따르면 물에 빠져 죽은 지 하루가 지나지 않았다면 되살릴 수 있었다.

하나하나 입을 벌렸다. 익사자들은 보통 입을 다물고 죽는다.

이 입은 여간해서는 열리지 않는다. 입은 지렛대의 원리를 이용해 열었다. 각각의 익사자 배꼽 가까운 혈자리에 화끈한 화침을 넣었다. 동의보감의 처방으로는 입에 젓가락을 물리고 배꼽에 200~300여 장의 뜸을 뜨는 것. 다행히 윤도의 신침은 한 방으로 그 뜸을 가늠할 만했다. 동의보감 식으로 하자면 양쪽 귀에 대롱을 대고 숨도 불어넣어야 한다. 이 기척은 화침으로 대신했다.

땀으로 범벅이 된 채 침감을 더할 때다.

익사자의 입으로 울컥 구토가 나오더니 침 끝에 느낌 하나가 전해왔다.

'살았다.'

윤도 척추에 짜릿함이 스쳐 갔다. 오감에 따라 환자가 응답했다. 입으로 가는 숨결이 새어 나온 것이다.

"또 한 사람 살았어요!"

승주가 소리쳤다.

숨결이 터진 환자는 응급실로 옮겨졌다. 침대에는 4명이 남았다.

여러 방법을 다 동원해도 돌아오지 않는 생명들이다. 해경 하나에 중국 어민 셋.

"원장님."

정나현이 물을 건네주었다. 한 모금을 마시고 나머지는 수건에 부었다. 그걸로 얼굴을 닦았다. 너무 팽팽해 끊어질 것 같던 정신이 정상으로 돌아왔다.

"손 교수님은요?"

"쉴 틈 없이 치료 중이세요. 화상 환자들은 응급처치만 하시고 총상 환자를 돌보셨어요. 나머지 환자의 본격 치료는 선생님과 함께하실 모양이에요."

"알았어요."

윤도가 다시 전의를 가다듬었다. 남은 네 명. 한 번 더 체크할 생각이다.

"선생님."

의료진 너머에서 중국 대사관 간부가 말을 붙여왔다. 표정은 여전히 간절했다. 국가해양국 수장의 친척 때문이다.

"한 번 더 살펴볼 겁니다."

그 말을 남기고 간부를 지나쳤다.

'후우!'

호흡을 가다듬고 처음부터 다시 시작했다. 조금 전 최선을 다해 체크했다는 생각은 버렸다.

이 환자들은 처음 보는 것이다. 선입견을 버리고 모든 의술을 다해야 했다.

사관을 열고 기사회생혈을 찔렀다. 신장과 심장의 요혈도 다시 시침했다.

해경은 돌아오지 않았다.

저 먼 어둠에서 돌아와 주면 좋으련만 윤도의 침은 검은 바다에 꽂힌 침 하나처럼 속절없었다.

'미안합니다.'

별수 없이 마음속으로 거수경례를 올렸다. 처음으로 내리는 사망진단이다.

그다음의 중국 어민도 그랬다. 그 옆까지 보내고 나니 국가해양국 수장의 친척만 남았다.

사망 원인은 익사.

"후우!"

먼발치의 대책위 부본부장이 한숨을 내쉬었다. 나중에 안 일이지만 중국 국가해양국은 이때 이미 사과와 재발 방지를 약속해 왔다.

중국 쪽 희생이 크지만 빼도 박도 못할 도발 영상 때문이다. 다만 한 가지 당부가 붙어왔다. 이 친척을 어떻게든 살려 달라는 주문이었다.

윤도는 개의치 않았다.

선장 앞에서 전열을 가다듬은 건 그가 마지막이기 때문이지 신분이나 지위 때문이 아니었다. 마지막 남은 한 명, 이 한 명의 운명만은 바꿔보고 싶었던 것이다. 그러나 많은 시간을 할애할 수는 없었다. 또 다른 중증 환자들이 줄을 서 있지 않은가?

'만약 단 하나의 침만 꽂아야 한다면…….'

윤도의 눈이 빠르게 움직였다. 선장의 인중에 시선이 꽂혔다. 평평하고 얇아 보였다.

원래는 그런 것이 아니었다. 급속한 기혈의 실기(失氣)가 오면서 변했다. 누구든 기혈이 손상되면 얕고 평평해지는 게 인중이다.

인중.

구급혈이다. 그렇기에 이미 찌른 윤도였다.

—인중+용천+백회혈의 3종 세트.

나쁘지 않았다. 덕분에 황천역 앞에 내린 사망자들을 일부 소환해 올 수 있었다. 인중이 기사회생혈로 꼽히는 데는 다 그만한 이유가 있었다.

인중(人中).

사람의 중심이라는 뜻이다. 그러나 인중혈은 사람의 몸 한가운데 있지 않다. 그런데 왜 여기를 사람의 중심, 곧 인중이라고 했을까?

황제내경 소문편에 답이 나온다.

'천식인이오기 천기통우비 지식인이오미 지기통우구(天食人以五氣 天氣通于鼻 地食人以五味 地氣通于口)'가 그것이다.

하늘은 다섯 가지 기운, 곧 오기(五氣)로 사람을 먹여주니 하늘의 기운은 코와 통한다. 땅은 다섯 가지 맛, 곧 오미(五味)로 먹여주니 땅의 기는 입과 통한다는 뜻이다. 사람이 하늘의 기운과 통하는 방법은 숨을 쉬는 것이다.

그래서 코는 천기(天氣)와 통한다고 한다. 사람이 먹고 마시는 모든 음식물은 모두 입으로 들어온다. 그리하여 땅의 기운은 입과 통한다고 한 것이다.

코는 천기의 출입구이고 입은 지기가 드나드는 한가운데 있다. 그래서 그 사이를 인중이라고 부른다.

천기와 지기가 드나드는 길목답게 혈자리도 비범치 않았다. 인중은 독맥과 임맥이 만나는 도랑이다.

이 인중의 출발이 회음혈이다. 독맥과 임맥은 회음혈에서 시작된다. 충맥도 관계한다. 이들 세 경맥은 인체에서 가장 중요한 경맥이다.

나아가 천지인을 상징한다. 인간의 생사를 결정하는 경맥인 것이다.

인중은 입인(立人)으로도 불린다. 사람이 존재, 생존한다는 뜻이다. 그렇기에 기사회생혈로서 땅과 하늘의 기를 통하게 하여 목숨을 돌려놓는 것이다.

인중이 윤도 손을 당겼다.

그 기원이 되는 회음혈 때문이다.

회음혈.

어쩌면 윤도에게는 등용문 혈이기도 했다. 부용이 그랬다. 갈매도의 그 별장.

난생처음 찔러본 회음혈이었다. 그러나 멋지게 성공했다. 부용의 난치, 불치병을 고침으로써 명의의 반열에 승선이 허락되었다.

'설레고 떨리던 그날처럼.'

차분하게 장침을 꽂았다. 시작은 다시 인중혈이었다. 그러나 다음 침이 유별났다.

장침이 아니라 세침을 집어 든 것이다. 세침은 회음혈로 들어갔다.

인중에는 장침, 넓적다리 쪽의 우람한 사타구니에는 가늘디가는 세침. 어쩌면 침이 바뀌어 들어간 것만 같았다.

하지만 그럴 리 없었다. 그건 윤도의 승부수였다. 회음혈. 어쩌면 똑바로 바라보기 민망한 부위. 그러나 그곳 또한 생사의 문이다. 인체의 불씨를 살리는 아궁이로 불리는 혈자리이다. 환자 생명의 아궁이는 이미 싸늘하게 식어 있었다. 불씨의 흔적도 없었다. 거기에 다시 불을 지펴야 했다. 불이 급하다고 아궁이가 터질 정도로 장작을 밀어 넣으면 불은 붙지 않고 연기만 요란할 뿐이다. 아궁이의 불은 부드럽게 시작해야 한다. 작은 검불이나 불쏘시개처럼 작게, 작게……. 그래서 세침이다.

세침이 두 개 더 들어갔다. 윤도의 손이 마치 부싯돌을 치듯 정성껏 침감을 넣었다.

식은 아궁이를 살려 인중으로, 그 화력으로 천지인의 혈맥을, 그리하여 임맥, 독맥, 충맥, 대맥이 깨어나는 완전한 기의 순환으로.

이 순간 윤도는 침이었다. 세침과 하나가 되어 오직 환자를 겨누었다.

불아.

생명의 불아.

붙어다오.

누구든 그 목숨은 귀한 것이니.

내 침의 염원을 네가 들어 한 번만.

단 한 번만.

세침의 끝은 불덩이가 되었다. 익사로 차갑게 식어버린 기혈을 깨우는 것이다.

치익!

윤도 손에 화기가 올라왔다. 화침의 극한이었다. 하지만 선장의 회음혈은 반응하지 않았다. 혈자리가 녹아나도록 뜨거워도 묵묵부답이다.

'그는 신의 영역에 들어갔다.'

윤도의 등골에 경건함이 맺혔다. 별수 없이 침 끝을 놓았다. 더 이상의 시도는 망자에 대한 예의가 아니었다.

"실장님, 발침 좀 부탁해요."

맥이 풀린 윤도가 흔들 물러섰다. 이제는 마음을 가다듬고 중증 환자들을 돌볼 차례였다. 신이라고 해도 지상의 모든 환자를 살릴 수는 없었다. 윤도의 자리로 정나현이 다가섰다.

"……!"

회음혈에 꽂힌 세침에 손을 대기 무섭게 움찔 물러섰다. 침이 뜨거워서가 아니었다. 침이, 세침이 떨고 있었다.

"원장님."

정나현이 돌아보았다. 그 침을 바라보던 윤도의 눈에 폭풍경련이 일었다. 반응이다. 회음혈의 맹렬한 반응이었다.

"와아아!"

주변 사람들에게서 환호가 터졌다. 마침내 반응하는 선장이었다. 다시 세침을 잡은 윤도는 경맥의 입질을 확인하고 장침을 넣었다. 불씨를 살렸으니 장작을 얹는 것이다. 불길을 키우는 것이다. 생명의 문으로 불리는 명문혈에도 장침을 넣었다.

신수는 차갑지만 명문은 뜨겁다. 아궁이의 불길에 힘이 될 수 있었다.

꺼진 경맥에 불이 들어오기 시작했다. 인중의 변화가 증거였다. 푹 꺼지고 평평하게 늘어졌던 그곳에 탄력이 돌아왔다. 그리고 인체 각 부의 경맥으로 기혈을 퍼 나르기 시작했다.

임맥—ON.

독맥—ON.

충맥—ON.

대맥—ON.

생기의 도미노가 윤도의 눈앞에 펼쳐졌다.

맥이 뛰기 시작했다.

혈관이 흐르기 시작했다.

뒤를 이어 가는 숨소리도 살아났다.

생명, 이보다 오묘한 존재가 있을까?

손석구—심정지—사망.

중국 측의 확인—심정지—사망.

윤도의 회생 시도 실패—사망.

무려 세 번의 사망 확인을 거친 선장의 부활. 이 개가로 중증외상센터에 희망의 불이 붙기 시작했다. 죽은 사람도 살리는 판에 목숨이 붙은 환자들이야. 의료진은 이제 사기충천이었다.

"채 선생님."

얼마나 지났을까? 반가운 얼굴이 나타났다. 북에서 내려온 노윤병이었다.

"방송 보고 바로 기차 타고 왔습니다."

노윤병이 나노침을 꺼내놓았다.

"선생님……."

"죄송합니다. 돕고는 싶은데 아직 남한 면허가 없으니 침만 좀 가져왔습니다. 미국 지인에게 특별히 부탁한 개량 침인데 쓸 만할 겁니다."

"고맙습니다."

"면허가 없어도 보조는 가능하겠죠?"

"당연하죠. 혈자리 잡는 것 좀 도와주시면 큰 힘이 될 겁니다."

"뭐든 시켜만 주십시오. 선생님 옆이라면 뒷간 청소를 시켜도 좋습니다."

"가시죠. 응급환자가 밀려 있습니다."

윤도가 앞섰다.

"늦었습니다."

윤도가 손석구의 옆으로 다가섰다. 손석구의 가운은 아예 핏빛이었다.

침대에는 중국 어선의 충격으로 복부가 터지고 대퇴부가 날아간 해경이 있었다.

슈처 세트를 오가는 손석구의 손은 보이지도 않았다. 슈처 세트는 봉합 도구. 그의 메스 스킬과 봉합 솜씨는 윤도의 장침에 못지않았다.

"Chest fracture로 Aortic dissection도 발생했어. 로딩 올리고 Hemoperitoneum 제거해. Atropine 투여량 두 배로 올리고."

지시는 쉴 새가 없다. 손석구 역시 생의 종착역으로 폭주하는 환자의 기차를 세우기 위해 분투하고 있었다. 환자의 복강은 엉망이었다.

흉곽이 멋대로 부러져 대동맥이 터졌다. 그걸 지혈해 가며 수술을 하자니 복강에 고인 피를 제거하는 수련의도 쉴 틈이 없었다. 저 손은 이미 총상 환자를 살렸다. 과연 중증외상의 달인. 손석구 하나가 버티는 것으로 중증외상센터는 중심이 잡히고 있었다.

윤도는 화상 환자 쪽으로 돌아섰다. 손석구의 수술에 넋을 놓을 때가 아니었다. 뒤따라온 승주와 정나현도 지원 태세를 마쳤다.

맥을 잡았다. 오래 몰입할 시간은 없었다. 노윤병의 지원이 큰 힘이 되었다. 그 역시 명침급이기에 진맥 자리 확보에 승주보다 나았다.

"외관, 축빈, 혈해, 풍문, 폐수!"

윤도가 외쳤다. 노윤병은 능숙하게 혈자리를 확보했다.

"침 주세요."

윤도가 손을 내밀었다. 침은 정나현이 챙겨주었다.

구대홍!

윤도의 한의원을 구한 소방관. 그때 윤도는 자신의 모든 것을 걸고 구대홍을 지켰다. 지금 눈앞에 누운 건 해경 병사. 어쩌면 구대홍보다 더 간절한 마음이 들었다.

이들이 지킨 건 대한민국의 바다였다. 그렇다면 이 나라의 의료인이 이들을 구할 차례였다. 침이 들어갔다. 다행히 구대홍의 경우가 좋은 경험이 되었다. 멋대로 흉하게 눌어붙은 상처에 대처 능력이 생긴 것이다.

윤도의 장침이 환자들의 상처 위에 등대처럼 서기 시작했다. 바다를 지키는 등대처럼 고고했다. 등대가 뱃길을 인도하듯 장침이 환자들의 목숨을 인도하기 시작했다. 중증 화상자는 모두 여섯 명이었다. 그 여섯 환자의 응급혈을 잡는 데 걸린 시간은 30여 분에 불과했다.

겨우 숨을 돌린 윤도, 이제는 화상으로 인한 부종 치료에 들어갔다. 몇은 간성 부종이었고 몇은 신장성이었다. 두 가지가 한꺼번에 온 환자도 있었다.

서둘렀지만 침은 헐렁하지 않았다. 단 하나의 침도 근육 마디에 닿지 않았다. 윤도가 관통한 건 오직 기혈이었다. 당연히 체침도 나왔다. 환자의 기혈을 장악한 사기의 반항이다. 정기와 사기가 충돌하면 살짝 돌아갔다. 그게 바른 침의 순리였다.

—의자(醫者)는 의임기응변(宜臨機應變).

허임의 말이다. 질병의 양상에 맞춰 대응하는 역동성이 필요했다.

“선생님.”

마침내 손석구가 합류했다.

“화상 환자들 급한 불은 껐습니다. 외과적인 처치가 필요한 건 선생님이 맡아주십시오.”

답하는 사이에도 윤도의 손은 쉬지 않았다. 윤도의 침이 끝나면 손석구의 수술이 이어졌다. 둘의 협업은 극본 없는 드라마였다. 합숙 훈련을 한 것도 아니건만 이심전심으로 통하는 것이다.

하루가 지나갔다.

반나절이 더 지났다.

윤도의 마무리는 중완혈과 축빈혈, 그리고 견우혈이었다. 화상 치료뿐만 아니라 회복까지 고려한 약침이었다. 피부 상처로 몸 안에 생기는 독소 배출과 세균을 방지하는 한편 화상의 부산물을 말끔히 배출토록 한 것이다. 견우혈은 피부 치료에 탁월한 혈자리. 이미 구대홍의 경우에 효과를 본 까닭에 이번 시침은 더욱 능률적이었다.

우웅!

마지막 환자의 견우혈까지 시침을 마치자 환부에 서광이 보였다. 서광의 힘일까? 머리 짧은 해경이 눈을 떴다.

"악몽에서 깨어났군요."

윤도가 물었다.

"후우……."

"이제 괜찮을 겁니다. 당신은 살았어요."

"채윤도?"

해경이 윤도를 알아보았다.

"예, 내가 채윤도입니다."

"그렇군요. 그게 꿈이 아니었군요."

"네?"

"선생님을 보았거든요. 제 화상 상처를 돌보고 계셨어요. 이분이면 나를 살리겠구나 하는 생각이 들었어요. 선생님이 그냥 갈까 봐 가운을 잡았는데……."

"꿈이 아닌 거 맞아요. 아까 내 가운을 잡았습니다."

"아!"

"잘 참았어요. 아직 다 끝난 건 아니지만 한 가지는 확실해요. 당신은 이제 죽지 않을 거라는 거."

"선생님……."

"아까 장 수경님 찾던데."

"우리 분대장님입니다. 기관실 벽에 낀 저를 구하려다가 2차 충격에 넘어갔어요."

"저 옆에 있습니다."

윤도가 옆 침대를 가리켰다. 해경이 고개를 돌렸다. 그의 눈에 분대장이 들어왔다. 산소마스크를 쓰고 있지만 죽지는 않았다.

"장 수경님!"

해경이 소리치자 분대장의 눈이 반응했다.

"저 오일재 일경입니다. 구해주셔서 고맙습니다."

"그래, 괜찮나?"

분대장의 입에서 낮은 소리가 나왔다.

"괜찮습니다."

해경이 답했다. 둘의 대화에 실린 전우애가 콧날을 알큰하게 만들었다.

"수고하셨습니다."

언제 다가왔을까? 손석구가 윤도 옆에 있었다.

"선생님."

"채 선생님 덕분이네요. 저 혼자라면 몇 명 살리지 못했을 겁니다."

"그럴 리가요."

"사체실에서 살린 목숨만 해도 몇 인데요. 그거 생각하면 오싹합니다. 앞으로 중증외상 환자들 사망진단 낼 때는 채 선생님 감수를 받아야 할 거 같습니다."

"눈은요?"

"제 눈요? 멀쩡합니다. 국대 명의가 고쳐준 건데 내구성이 그렇게 엉망이겠습니까?"

"그 눈은 제가 고친 게 아니라 하늘이 고친 겁니다. 중증외상 환자들 구하라고 말입니다."

"배고프죠? 일단 뭐 좀 먹으러 갈까요? 할 일 없는 공무원 아저씨들이 또 기자회견을 해야 한다네요. 채 선생님도 들었죠?"

"예. 환자 돌볼 시간도 없지만 국민들이 궁금해하신다니……."

"그러니 나가서 한 수저 들자고요. 이제 막 시장기가 달려드는데요?"

"저도 그렇습니다."

윤도가 웃었다.

"많이 드세요. 오늘 밥은 공짜예요."

올갱이 해장국집 아줌마가 뚝배기를 내려놓았다. 내용물이 무지막지하게 많았다. 원래는 올갱이 한 수저 정도 들어가는 집. 오늘은 한 바가지를 부어놓은 듯 풍성했다. 수고한 노윤병은 정나현 편에 보냈다. 그 역시 끼니를 제대로 때우지 못했다.

"뉴스 봤어요. 아유, 이런 선생님들이 있어서 우리가 살맛 난다니까."

아줌마는 마구 퍼주고 싶은 표정을 감추지 못했다.

짝짝!

옆 테이블에서 박수가 나왔다.

"좀 뻘쭘한데요?"

윤도가 어깨를 으쓱해 보였다.

"그러네요. 하지만 아줌마 성의이니 그냥 드시죠, 뭐. 올갱이가 간에 좋다고 해서 피로도 풀 겸 온 거니까요."

"간에 좋은 건 확실합니다. 푸른색 아닙니까?"

"채 선생님은 볼수록 신기합니다."

"뭐가요?"

"저 솔직히 음양오행 같은 거 잘 안 믿었다고 하지 않았습니까? 미신으로 알았거든요. 그런데 채 선생님 보면 도사 같기도 하고 신선 같기도 합니다. 이젠 안 믿는 게 아니라 아예 감염이 된 것 같다는 거죠.”

“그건 저도 마찬가지입니다. 선생님 보면 의대 편입이라도 하고 싶다니까요.”

“하핫, 농담도 그런 농담 마십시오. 노벨의학상설이 나오는 대한의사를 누가 가르칠 수 있단 말입니까?”

“그거야 그냥 루머죠. 제가 깜냥이 됩니까?”

“솔직히 우리 병원 의사들도 일부 그런 말을 하더군요. 그 못난 인간들, 제가 고소당할 각오하고 따귀 한 대씩 갈겨주었습니다.”

“예?”

“한국 사람들, 남 잘되는 거 배 아파하면 안 됩니다. 아, 까놓고 말해서 선생님 능력이 국민을 억압합니까, 의사들 월급을 내려가게 합니까? 어느 한쪽이 잘되면 거기에 따라서 노력할 생각은 안 하고 그저 까뭉개서 끌어내리려고 하니…….”

“이거 밥 먹다 체하겠는데요?”

“어, 뉴스에 우리가 나오는데요?”

손석구가 고개를 들었다. 화면에 윤도와 손석구의 치료 장면이 나오고 있었다. 뒤를 이어 중국 외교부 대변인이 화면에 나왔다.

[우리 중국은 금번 한국 서해에서 일어난 선단 조업에 대

해 심심한 유감을 표하며 향후 적극적 계도와 단속으로 한국 해역에서의 불미스러운 일이 일어나지 않도록 재발 방지에 최선을 경주할 생각입니다. 아울러 금번 사고에 있어 한국 정부의 신속한 구조와 부상자 치료에 대해 감사를 전하는 바입니다.]

대변인의 중국어는 자막으로 나왔다. 그걸 본 손석구의 표정이 밝아졌다.

"이번에는 우리 정부 당국도 일을 제대로 한 모양이군요."

"그런가 보네요."

대화 중에 기자의 보도가 이어졌다.

[방금 들으셨듯이 중국 외교부는 전과는 달리 전향적인 사과와 재발 방지의 뜻을 분명히 천명하였습니다. 이는 우리 정부가 불법 조업 선단임에도 불구하고 적극적인 구조와 치료로 인도적인 자세를 견지함으로써 국제사회의 지지를 얻은 점과 함께 중국 대사관 쪽에서조차 사망자로 진단된 선원들의 극적인 기사회생이 중국 정부 당국의 태도 변화에 결정적으로 작용한 것으로 분석되고 있습니다.]

"역시 채 선생님 공이로군요."

손석구가 고개를 끄덕거렸다.

"또 그 말씀……."

"아닙니다. 초대형 참사임에도 사망자는 3명으로 끝이 났지요. 애당초 발표로는 8명이었고 중상자 중에서도 절반 가까이가 위험한 상황이었는데 혁혁한 성과가 나왔습니다. 중국 정부가 아니라 염라대왕의 마음이라도 녹일 만한 일이었죠."

"염라대왕님은 싫어하겠죠. 자기 일에 참견했다고."

"하핫, 그렇군요."

웃는 사이에도 심층 보도는 계속 이어졌다. 애당초 언론에서 예상하는 사망자는 15명 선이었다. 그 중상자들이 위기를 넘겼다. 양측의 첨예한 주장 대립을 피할 수 있는 기반이었다.

식사를 마치고 거리로 나왔다. 이틀이나 제대로 씻지 못해 냄새까지 나는 몸. 그래도 햇살을 받으니 좋았다.

"먹다 죽은 귀신은 때깔도 곱다는데 우리도 커피 한잔 때릴까요?"

손석구가 물었다. 윤도가 바로 답했다.

"무조건 콜입니다."

* * *

기자회견장은 입구부터 장사진이었다. 중국 보도진과 더불어 외국 보도진이 많았다. 이례적으로 미국 의학계와 일본 의학계에서도 관심을 보였다. 한방+양방 협진 시스템에 대한 동경이다.

"채 선생님."

성수혁 기자가 다가왔다.

"아직 안 올라가셨어요?"

윤도가 물었다.

"가긴 어딜 갑니까? 선생님 갈 때 같이 붙어서 올라갈 겁니다."

"저야 가면서 잠만 잘 텐데……."

"식사하고 오시는 겁니까? 이틀 동안 물만 드셨다고 하던데."

"실은 죽도 조금 먹기는 했습니다. 우리 정나현 실장의 억지 때문에."

"당연히 그래야죠."

"들어가야죠?"

"외국 보도진이 굉장히 많이 왔습니다. 중국 쪽은 아예 인해전술이고요."

"인해전술은 무서운데……."

"그러게요. 하지만 외교부 공식 사과까지 나온 마당이니 트라우마는 안 생길 거 같습니다."

성수혁이 기자회견장을 가리켰다. 몇 걸음 옮길 때 중국 영사가 다가왔다.

"채 선생님, 전화 좀……."

"전화요?"

"받아보시죠. 저희 주석이십니다."

'주석?'

영사의 한마디에 주변이 숨을 죽였다.

"큼큼!"

목을 가다듬고 전화를 받았다.

"여보세요."

—채 선생, 나 왕마오핑이오.

"주석님……."

—우리 선원들 돌보느라 이틀이나 밤을 새웠다고요?

"저희 해경들도 함께 돌보았습니다. 혼자 한 일도 아니고요."

—뒷일이야 양국 해당 부서가 협의할 일이지만 면목 없게 되었습니다.

"……."

—앞으로는 그런 일 없을 겁니다. 수고스럽지만 우리 부상자들 마무리도 잘 부탁합니다.

"지금 기자회견장입니다. 방금 그 말씀 공개해도 될까요?"

—공개하시오. 허언은 아니니까.

"알겠습니다."

주석의 각오를 상기시키며 전화를 끊었다.

평평평!

어떻게 알았는지 기자들이 몰려들었다.

"통화자가 중국 주석이라고 들었습니다. 어떤 대화를 나눴습니까?"

"무슨 이야기가 오갔는지 공개해 주십시오."

기자들의 질문이 인해전술로 이어졌다.

"중국 주석께서는 이렇게 말씀하셨습니다."

윤도가 좌중을 바라보며 뒷말을 이었다.

"부상당한 중국 어민을 총력을 다해 돌봐준 한국 의료진에게 심심한 감사를 전한다. 나아가 양국이 협정한 해역을 무단이나 불법으로 침범해 어업하는 행위는 다시 발생하지 않을 것이다."

평평!

카메라의 플래시가 빗발쳤다. 플래시를 받으며 기자회견장으로 들어섰다. 이제는 안에 있던 기자들까지 합세해 윤도와 손석구를 조명했다. 윤도는 손석구에게 모든 공을 돌렸고 손석구는 윤도에게 그랬다. 두 명의가 일어나 손을 잡았다.

대한민국 한방 최고 명의 채윤도, 현대 의학 중증외상의 최고 권위자 손석구. 두 거인에게 보도진의 플래시가 쏟아졌다.

"라오시."

복도로 나오자 세 어린이가 윤도에게 인사를 해왔다. 라오시는 선생님이라는 중국어.

언어처럼 모두 중국 어린이였다. 나이는 세 살부터 여섯 살까지. 두 남동생은 여섯 날 누나의 손을 잡고 눈을 초롱거렸다.

"라오시."

이번에는 굵직한 목소리가 이어졌다. 아이들 뒤에 선 남자이다. 윤도가 살린 그 선장이었다. 그 뒤로 몇 명의 중국 선주가 보였다.

"황천에서 건져주셔서 고맙습니다."

선장이 말했다.

"별말씀을. 몸은 어떠세요?"

"견딜 만합니다."

"다행이네요. 아이들 두고 떠났으면 어쩔 뻔했습니까?"

"덕분에 많은 걸 깨달았습니다. 다시는 한국 해역을 넘보지 않겠습니다."

"그럼 더 좋고요."

"나포된 배들도 여기 선주들과 의논해 최대한 빨리 담보금 물고 찾아갈 생각입니다. 우리를 최선을 다해 치료하고 살려주신 선생님을 위해서라도."

선장이 고개를 조아렸다. 아이들도 아빠를 따라 고개를 숙였다. 윤도는 세 아이를 안고 등을 토닥여 주었다. 폭풍 뒤에 찾아온 평화였다.

평평!

기자들의 플래시만은 여전히 폭풍이었다.

2. 명의의 향기

부웅!

윤도의 스포츠카가 도로를 질주했다. 조수석에는 손석구가 타고 있었다. 둘의 목적지는 청와대였다. 신속한 치료로 희생자를 최소한으로 줄인 데 대한 치하의 식사 초대였다.

"차 좋은데요?"

손석구가 웃었다. 아비규환의 날이 지난 지 일주일이다. 마지막까지 관리하던 중상자 두 명을 해당 진료과로 옮겨주어 시간을 낼 수 있는 손석구였다.

"저는 좀 뻘쭘합니다."

"왜요? 채 선생님하고 잘 어울리는데요."

"이게 실은 제가 산 게 아니거든요. 그러다 보니 왕진 같은 거 갈 때는 환자에 따라 미안한 생각이 들 때도 있습니다."

"그건 이해가 가네요. 사연이 있는 차로군요."

"제가 침술에 눈뜬 기념이라고 할 수 있지요."

"흐음, 그렇다면 대통령께서 채 선생님에게 개인 앰뷸런스라도 한 대 내려야 하는데……."

"예?"

"그렇잖습니까? 운동선수들이 국위 선양 하면 연금도 주고 훈장도 주고 포상금도 주지요. 그런데 채 선생님은 훈장만 달랑……."

"흐음, 중이 제 머리는 못 깎으니 대통령 뵈면 선생님이라도 좀 챙겨주라고 해볼까요?"

"아이고, 그런 말씀 마십시오. 아시다시피 저는 차 있어도 타고 다닐 시간이 없습니다. 오늘도 실은 수술이 두 개나 예정되어 있는데 조교수에게 맡기고 왔습니다."

"그럼 더 밟아야겠네요. 후딱 다녀가시게."

"아닙니다. 솔직히 선생님하고 있으니 좋은데요? 우리가 나이 차이는 좀 나지만 친구 같은 느낌이거든요."

"영광입니다. 선생님 같은 분이 그렇게 생각해 주시니."

"영광은 제가 영광이죠. 이번 일도 바쁜 분 데려다 제가 일

시켜 먹은 셈이니……."

"그거야 의료인이면 누구나 해야 할 일 아니었나요?"

"누구나 해야 하죠. 하지만 누구나 채 선생님 같은 능력을 지닌 게 아니니까요."

"아, 그날 제 옆에 있던 남자분 보셨죠?"

"선생님 도와주던 사람이요?"

"북한에서 오신 분인데 침술이 기가 막힙니다. 북에서 한의대를 다 마치지 못해 국내 대학 편입 중이신데 졸업만 하면 명성 좀 날릴 거 같습니다. 그때는 선생님이 저랑 같이 불러서 쓰셔도 됩니다. 제 이름 팔면 도와줄 거거든요."

"그러고 보면 한의학이 정말 요긴하네요. 조금 더 영역을 넓히면 인류의 질병과 부상 퇴치에 큰 도움이 될 것 같습니다. 당장 침술만 해도 그렇고요."

"인정해 주셔서 고맙습니다."

"아, 그런데 선생님, 침술 특화 한의대를 설립하고 싶다고 하지 않으셨나요?"

"그랬죠. 제 꿈입니다."

"그렇군요."

손석구의 눈가에 깊은 생각이 스쳐 갔다. 운전하는 윤도는 그걸 보지 못했다.

짝짝짝!

대통령은 박수로 윤도를 맞았다. 정 비서관과 양 비서관 등의 핵심 참모들도 자리를 함께했다.

"두 분이 최고예요. 우리 대통령도 못 하는 일을 했어요."

영부인이 양 엄지를 세워 보였다.

"어허, 이거 내 체면이 말이 아닌데?"

대통령은 너스레로 장단을 맞췄다.

"제가 뭐 틀린 말 했어요? 이 두 분이 안 계셨어 봐요. 방귀 뀐 놈이 성질낸다고, 중국 쪽에서 독박을 씌웠을지도 모른다고요."

"거기까지야 아니지만 전격적인 재발 방지 선언은 하지 않았겠지요."

"아무튼 우리 대통령은 복도 많으셔."

영부인의 올라간 입술이 내려오지 않았다.

"자자, 차린 건 없지만 많이들 드세요."

다과 후에 대통령이 권한 건 메밀국수였다. 영부인께서 직접 삶았다고 한다. 무 역시 영부인이 갈아낸 것이었다.

"감사히 먹겠습니다."

손석구가 말했다.

후룩후룩!

대통령 부부와 장 비서관, 양 비서관, 그리고 윤도와 손석구의 식사였다. 반찬은 세 가지에 불과했지만 정갈했다.

"어때요? 잘 삶아졌어요?"

영부인이 윤도에게 물었다.

"맛있네요. 게다가 몸에도 좋은 메밀이라……."

"손 교수님은요?"

"저도 입에 딱 맞습니다. 술술 넘어가는데요?"

"많이들 드세요. 두 번, 세 번이라도 더 삶아 내드릴게요."

영부인이 무채를 밀어주었다.

"혹시 진료에 애로 같은 건 없습니까? 이런 기회에 말씀하시면 대통령께서 챙겨 드릴지도 모릅니다."

정 비서관이 분위기를 띄웠다.

"중증외상센터가 어려운 건 국회에서도 말씀드렸고… 그러고 보니 의료 현장의 분위기에 대해 드릴 새로운 안건이 있기는 합니다."

손석구가 바로 응답하고 나섰다.

"말씀해 보세요. 제도적으로 부족한 게 있으면 보완을 강구하도록 하겠습니다."

대통령의 시선이 손석구를 향했다.

"특별한 의학대학 설립을 도와주십시오."

"특별한 의학대학?"

대통령이 정 비서관을 바라보았다.

"침술 특화 한방대학입니다."

"……?"

듣고 있던 윤도가 파뜩 고개를 들었다. 한방대학? 손석구가 웬 한방대학?

"방금 한방대학이라고 했습니까?"

대통령이 확인에 나섰다.

"그렇습니다. 아시는지 모르지만 여기 채윤도 선생이 지금 침술을 특화한 한방대학 설립을 목표로 하고 있습니다. 하지만 의대든 한의대든 설립 인가가 쉬운 건 아니죠. 이미 많은 경우에서 보셨듯이 채 선생님의 침술은 우리 민족의 보물로 전승해 가야 합니다. 솔직히 우리나라에 채 선생님 같은 침술 한의가 몇 명만 더 있어도 얼마나 좋겠습니까? 그렇게 특화된 대학을 세워 10명, 100명, 1,000명의 침술 명의를 기른다면 불의에 죽어가는 사람들과 불치, 난치로 삶의 희망을 잃은 사람들에게 큰 빛이 될 것입니다."

"손 선생님."

윤도는 귀를 의심했다. 이 말은 윤도가 하려던 말이다. 그걸 지금 손석구가 한 것이다.

"제 눈에 대한 사연 아시죠? 중증외상 수술의 격무로 시력을 잃은 눈입니다. 이 눈을 살려준 것도 채윤도 선생님이죠. 그런 맥락에서 보면 며칠 전 서해상의 참변을 최소한의 희생으로 막은 건 우리 둘이 아니라 채윤도 선생님이었습니다. 이분이 없었다면 저는 그 자리에 없었을 테니까요."

"……."

대통령은 압도되고 있었다. 손석구의 분위기가 그랬다. 돌직구처럼 핵심을 찌르는 내용에 팩트에 근거한 이야기들. 윤도를 아는 대통령이기에 감전에서 벗어나지 못하는 표정이다. 영부인도 고개를 끄덕이기는 마찬가지였다. 이견의 여지가 없었다.

"제가 비록 힘은 없지만 필요하다면 기자회견이라도 열어서 채윤도 선생님의 침술 특화 대학에 대해 지지 선언을 하겠습니다. 제가 아는 의료인 전부를 동원해서라도 말입니다. 그러니 우리 대한민국의 미래를 위해서라도 채 선생님의 구상이 실현될 수 있도록 정책적인 지원을 아끼지 않으셨으면 합니다."

"허어!"

대통령의 입에서 탄식이 나왔다. 입장이 곤란한 윤도는 차마 입을 열지 못했다.

"두 양반은 볼 때마다 나를 부끄럽게 하시는군."

대통령은 윤도를 바라보며 말꼬리를 이었다.

"채 선생."

"예."

"침술 특화 한의대 이야기는 저번에 들었소만 어디까지 준비가 되었소?"

"예?"

"대학 설립 말입니다. 채 선생이라면 말로만 구상할 분은 아니고……."

"죄송합니다. 제가 교육부에 정식으로 신청하려던 것이……."

"아니에요. 여기서 채 선생 탓할 사람 아무도 없어요. 그러니 허심탄회하게 말해보세요."

"저도 궁금하네요."

영부인도 거들고 나섰다.

"정 그러시다면… 대학 부지는 이미 마련이 끝난 상태입니다. 설립 자금도 제가 만든 신약에서 들어오는 것으로 충분하고요."

"인가만 나면 된다는 말이군요?"

"예……."

"그건 기분 나쁘군요."

대통령의 표정이 굳었다.

"예?"

"손 교수님 말에 의하면 그 대학이 설립되어 우수한 인재가 배출되어야 우리나라 의료 체계의 질이 더 좋아진다는 거 아닙니까? 채 선생 설명도 그랬고요. 그런데 그 정도 진척이 되었으면 말씀을 하셔야지 이 사람의 자문의라는 분이 한마디 언질도 안 해서 나를 곤란에 빠뜨린단 말입니까?”

“그건…….”

“이러니 우리 영부인께서 두 분이 저보다 낫다는 말을 하는 거 아닙니까? 대통령 체면이 말이 아니게 되었군요.”

“죄송합니다.”

“하핫, 조크예요. 과연 채 선생입니다. 지난번에 언급이 있었지만 아직은 멀었지 싶었는데 그새 준비를 다 갖추고 계시다니.”

굳은 표정을 풀어낸 대통령이 웃었다.

“동네방네 소문낼 일도 아니라서요.”

“맞아요. 진짜 꿈은 타이밍이 형성되는 그 순간까지 가슴 갈피에 찔러두는 거죠. 그러다 때가 왔다 싶으면 팍!”

대통령이 주먹을 쥐어 보였다.

“손 교수님.”

“예.”

“그 뜻은 잘 알았습니다. 보시다시피 우리 채 선생이 이렇습니다. 워낙 능력 있는 분이라 혼자 힘으로 개척해 나가시잖아요. 어쩌면 그게 오히려 더 아름다운 결과를 가져올지도 모르죠.”

"예……."

"이 사람은 늘 채 선생의 행보를 주목하고 있습니다. 그런 줄만 아세요."

대통령이 마무리는 시사하는 바가 컸다. 누가 봐도 긍정적이었다. 문장과 말투에서 풍기는 분위기가 그랬다.

온 김에 대통령 부부에게 침을 놔주었다. 영부인이 사양했지만 윤도는 메밀국수값이라며 우겼다. 두 사람은 적은 나이가 아니었다. 잔병일 때 고치면 큰 병이 되지 않는다. 게다가 대통령 자문의 몸이니 건강을 관리해 줄 의무도 있었다.

"아유, 시원해."

허리에 침을 맞은 영부인이 활개를 쳤다.

"어이쿠, 우리 영부인께서 20대 허리로 돌아가신 것 같구만."

대통령이 너스레를 떨었다.

"그러는 당신은요? 툭하면 채 선생님 침 노래를 부르시면서."

"어허, 이 양반이 국가 기밀을 다 발설하는구만, 다 발설해."

대통령이 파안대소했다.

기념품을 받아 들고 청와대를 나왔다. 올 때처럼 많은 사람들의 배웅을 받았다.

부릉!

차가 광화문 도로로 나왔다.

"선생님."

윤도가 바로 포문을 열었다.

"왜요? 선생님이 할 말 가로챘다고 고소라도 하시게요?"

손석구가 느긋하게 응수했다.

"그건 아니지만……."

"저 때문에 입장 곤란했어요?"

"사실 상상도 못 한 일이라……."

"원래 중이 제 머리 깎기 힘든 법이에요. 게다가 나도 채 선생에게 얼굴 서는 일이고."

"……."

"침술 특화 대학 꼭 설립하세요. 그래서 우수한 침술 한의 많이 뽑으셔야 저도 급할 때마다 지원을 부탁하지요."

"그럼 선생님도 중증외상 후배들을 많이 양성하셔야……."

"저는 좀 어렵습니다."

"왜요?"

"병원 측의 인식과 신빵이 닥터들 인식 때문이죠. 병원은 중증외상센터가 돈 안 된다고 찬밥 취급이고 새내기들은 다 돈 되는 진료과로 몰려가고. 그나마 우리 병원은 제 이름값 때문에 수련의 걱정은 안 하지만 다른 병원들은 수련의 정원을 채우지 못하는 곳이 많습니다."

"그렇군요."

"한의도 최근까지는 침체기지요? 하지만 이제 채 선생이 신의로 활약하면서 국민들 인식이 좋아졌으니까 앞으로는 점점 나아질 겁니다."

"예."

"오늘 일 참 유쾌했습니다. 선생님 대변인 노릇 말입니다."

"손 선생님……."

"한의대 설립… 아마 쉽지는 않을 겁니다. 하지만 채 선생님 이기에 가능합니다. 여건과 여론이 성숙된 이때에 밀어붙이세요. 제 도움이 필요하면 삭발 투쟁이라도 하겠습니다."

"마음 써주셔서 고맙습니다."

"다 왔네요."

손석구가 서울역을 가리켰다. 그는 KTX로 내려갈 예정이다.

"채윤도다!"

"손석구 교수다!"

개찰구가 가까워지자 대학생 한 무리가 윤도 일행을 알아보았다. 손석구는 그들에게 손을 흔들며 플랫폼으로 입장했다.

KTX가 출발했다. 조금씩 속도를 내더니 긴 꼬리가 멀어졌다.

'고맙습니다.'

멀어지는 열차를 보며 생각했다.

손석구.

그는 멀어졌지만 그의 인품은 시원하게 펼쳐지는 철도만큼이나 길게 남았다.

3. 극적인 금메달

오랜만의 치맥이다.

가족들과 거실에 모여 웃음꽃을 피웠다. 화면에는 인도네시아에서 개최되는 아시안게임 축구 경기가 나오고 있었다. 한국과 카타르의 8강전이다. 게임을 즐기며 치맥을 먹기에 딱 좋은 날이었다.

"참 희한하죠?"

어머니가 아버지를 바라보았다.

"뭐가?"

"몸 말이에요. 아, 우리 채 원장이 떡하니 버티고 있으니 아픈 데가 없어요. 나도 명의 장침 맞는 호사 좀 누리고 싶은 데……."

"원래 대비가 잘되어 있으면 사고도 안 나는 법이라오."

"그게 아니고 전에 맞은 침이 한 방에 잡병을 박살 낸 거죠. 형이 괜히 명의겠어요?"

윤철이 끼어들었다.

"코스닥 상장 진행은 잘되고 있어요?"

윤도가 아버지를 바라보았다. 축하 파티 중에 느닷없이 터진 서해 중국 어선과의 사고. 며칠 정신이 없었으니 이제야 챙기는 윤도였다.

"일사천리다. 네 덕분에 중국 쪽 거래처도 막강한 곳으로 하나 더 개척했고."

"어, 정말이요?"

"새 거래처랑 협상 중에 중국 어선 사고가 터졌지 뭐냐? 처음에는 단가 가지고 시비 걸더니 그 사고에서 중국 어부들 살려낸 채 원장이 우리 아들이라고 했더니 바로 사인하더라. 한 푼도 깎지 않고 말이야."

"우와, 잘됐네요."

"가끔은 나도 무섭다. 우리 채 원장 파워가 이 정도인가 생각하면 아버지로서 처신을 잘해야겠다는 부담도 크고."

"저도 그래요. 가끔은 채윤도 동생이래 하는 소리가 기분 나쁘기도 하지만."

"그럼 너는 호적에서 파줄까?"

어머니의 조크가 작렬했다.

"아, 진짜! 누가 싫대요?"

윤철의 볼멘소리와 함께 중계진의 목소리가 자지러졌다.

[골, 골입니다! 한국 팀, 마침내 역전골이 터집니다!]

"우와!"

윤철이 환호했다.

카타르 팀의 기습을 허용하며 1 대 0으로 끌려가며 패색이 짙던 한국 팀.

골대를 때리는 불운으로 골 맛을 보지 못하던 해외파 박성국이 종료 6분을 남기고 극적인 연속 골을 작렬시키고 있었다. 하지만 박성국은 그 직후 반칙을 당하며 쓰러지고 말았다.

[아, 박성국 선수, 상대 수비수의 거친 파울에 다리를 잡고 일어나지 못하고 있습니다. 부상입니까?]

[레드카드가 나오는군요. 무릎과 발목 같은데요?]

[큰 부상이 아니어야 할 텐데요. 모레 준결승 상대가 우즈베키스탄인데 사실상 이 대회의 결승전 아닙니까?]

[결국 실려 나갑니다. 큰 부상이 아니길 바랍니다.]

화면에 붉은 악마들의 표정이 클로즈업되었다. 환호하던 붉은 악마들의 표정이 하나같이 굳어 있다.

"으아, 박성국, 어떡해. 혼자 조빵이 치고 결국 군대 각이네."

윤철도 안타까운 듯 머리를 쥐어뜯었다.

박성국.

자타 공인 한국을 대표하는 축구 선수이다. 유럽 명문 클럽으로 꼽히는 소속팀 첼시에서의 활약도 남달랐다. 이적과 동시에 4게임 출장 3골 2도움.

물오른 실력이지만 병역 문제에 막힌 그였다. 어쩌면 이번 아시안 게임의 금메달이 병역 면제의 마지막 기회. 그렇기에 선제골을 먹은 상황에서도 고군분투, 기어이 역전골을 이끌어낸 투혼이었다.

하지만 부상이다.

오늘 이기면 준결승에 선착한 우즈베키스탄과 만난다. 이번 대회 최강의 우승 후보이다.

아시안컵에서부터 무패를 자랑하고 있다. 앞서 끝난 다른 조와의 8강전에서도 강호 이란을 3 대 0으로 바르고 준결승에 선착했다.

예선까지 포함해 실점은 고작 2점에 평균 득점 3.8점. 가공할 득점에 안정된 수비였으니 박성국 없이 승리를 노리기는 버거워 보였다.

"아, 박성국, 진짜 개재수 털리네. 이렇게 되면 금메달은 개

짱인데.”

윤철의 탄식이 높아졌다.

“큰 부상이 아닐 수도 있지.”

윤도는 절망적으로 보지 않았다. 국가 대표 축구 팀에는 여러 스태프가 있다.

흔한 발목 부상이나 인대가 조금 늘어난 정도라면 팀 닥터와 물리치료사 등이 해결할 수 있었다.

경기는 그대로 종료되었다. 승리는 따냈지만 찜찜함이 남은 경기였다.

방으로 돌아와 자료를 넘겼다. 바르는 탕약에 대한 연구 목록이다. 몇 가지 난제에 돌파구가 생겼다. 미국의 앤드류 박사가 보내온 조언 덕분이다. 그건 류수완의 권유였다.

“그분이라면 힌트가 있을지도 모릅니다.”

그 말이 적중했다. 수많은 세포 실험을 하면서 피부 세포의 자료도 막대하게 축적한 앤드류.

탕약의 피부 흡수 최적화 분자량과 수용성, 지용성의 해법에 대해 단초를 제공해 주었다.

해법은 역시 혈자리와의 매칭이었다. 특정한 질병에 반응하는 혈자리를 골라 그곳에 도포함으로써 복용하는 효과를 내도록 하는 것. 특허에도 도움이 될 방법이었다. 기존의 치매 신약과 궤를 같이하는 것이지만 '신약'이라는 플레임에 갇히는 통에 돌아보지 못했다.

예컨대 정신병이다.

환자들에게 약을 챙겨 먹이는 것도 큰 수고다. 하지만 전정혈과 백회혈, 솔곡혈과 각손혈 등으로 이어지는 혈자리에 탕약을 바르면 간단하다. 혈자리에서 조금 벗어나도 상관없다. 혈자리의 고유 성질을 유도하는 유도체를 첨가하면 대안이 될 수 있었다.

'아저씨…….'

창밖의 어둠을 보며 진경태를 생각했다. 한의원 약제실에서는 203번째 샘플이 준비되고 있었다.

이 밤이 지나면 그 샘플이 나온다. 앤드류의 조언을 기반으로 만드는 신약이다.

그것 말고도 할 일이 많았다. 교육부 차관과 복지부 차관 등의 공무원들도 만나기로 되어 있었다. 그들에게 침술한의대학 인가를 역설하고 이해시켜야 했다. 어쩌면 한방, 양방의 원로들도 만나야 할지 모른다. 한의과대학의 신설은 여러 이해관계가 물려 있기에 각계각층의 지지와 협력이 없이는 쉽지 않은 일이었다.

[선생님, 뭐 하세요?]

잠들기 전, 부용의 카톡이 들어왔다.

[집에서 새로운 신약 자료 좀 보고 있습니다.]

[저 방해되는 거 아닌가요?]

[천만에요. 피곤하던 차에 사이다죠.]

[고구마인데 봐주는 건 아니고요?]

[어디세요? 해외 개척 나간다더니.]

[네덜란드 찍고 덴마크로 왔어요. 한류 씨 좀 뿌리려고요.]

[튤립 위에 한류라… 그림이 기막히겠는데요?]

[오실래요? 여기 맥주가 끝장이에요.]

[제트기 한 대 보내주시면 바로 날아가죠.]

[그보다 더 빠른 거 있잖아요?]

[뭔데요?]

[꿈.]

[아, 꿈. 오늘 밤 부용 씨 꿈꿀까요?]

[아무 꿈도 꾸지 말고 푹 자세요. 꿈 많이 꾸면 잠 설쳐요.]

[알았어요. 부용 씨도 건강 조심하고, 아픈 데 있으면 바로 연락해요. 진짜로 제트기라도 타고 날아갈게요.]

[그랬으면 좋겠는데 아프지도 않네요. 잘 자요.]

[네, 부용 씨도…….]

카톡을 닫았다. 오늘도 진격하는 작은 거인 이부용. 그녀를 만난 건 정말 행운이었다. 그녀가 재벌의 딸에다 여러 인연을 만들어줘서가 아니다. 이부용의 진가는 열정이었다. 오직 진격이다.

견실한 재벌의 딸로 태어나 아쉬울 것도 없다. 그러나 그녀는 자신의 실력으로 미래를 만들어갔다. 그건 윤도에게도 좋은 자극이었다. 그녀가 옆에 있는 한 윤도는 한눈팔지 않을 것 같았다.

이른 아침, 윤도가 한의원에 도착했다. 새 샘플에 대한 기대감 때문이다. 거기 낯익은 손님이 기다리고 있었다. 강외제약의 류수완이었다.

그 역시 바르는 탕약에 대한 기대가 컸다. 알레르기 비염과 치매 신약으로 글로벌 제약 시장에 돌풍을 일으킨 강외제약. 여기에 바르는 탕약류 특허가 추가된다면 강외제약도 글로벌 제약사로 발돋움할 수 있었다.

강외제약의 매출은 천문학적으로 늘어났고, 주식은 천장을 뚫고 나가 30만 원대에 안착한 지 오래였다. 이제 그는 뉴욕 상장까지 머리에 그리고 있었다. 대한민국 최초의 메이저 제약사가 되는 것이다.

"사장님."

"어, 원장님."

"오시면 오신다고 연락을 하시지."

"원장님에게 방해가 될까 봐서요."

"설마 어젯밤에 오신 건 아니죠?"

"조금 전에 왔어요. 잠이 잘 안 오길래."

"들어가세요."

윤도가 현관을 가리켰다. 둘은 차 한 잔 마실 시간도 없이 약제실로 직행했다. 진경태는 그 안에 있었다. 첫새벽에도 그는 약재와 함께 삼매경이었다.

"아저씨!"

"어!"

윤도가 등을 치고서야 겨우 기척을 알아채는 진경태.

"사장님도 오셨네?"

"고생이 많습니다."

"샘플은요?"

윤도가 약탕기를 바라보았다.

"이미 나와 있습니다."

진경태가 샘플 약을 들어 보였다. 윤도의 성격을 아는 진경태였다.

그렇기에 밤새워 샘플 약 추출을 끝내놓았다. 탕약의 주제는 고혈압이었다. 후속작으로는 당뇨가 이어질 예정이다. 이

두 가지만 성공한다고 해도 세계 신약 시장에 핵폭탄급 파장을 가져올 것이다.

"어르신."

샘플은 혈압이 높은 환자들 중에서 허락을 받고 발라주었다.

지금까지 시도한 환자만 해도 수백 명.

그 자료를 통해 나온 개선점을 보완하며 효과의 입증에 박차를 가하고 있었다.

"기막히군요. 복용 약에 못지않습니다."

혈압 측정치를 새로 받아 든 류수완은 흥분을 감추지 못했다. 바르는 탕약은 이제 실현이 코앞이었다. 더 중요한 건 이것이 실마리라는 것.

고혈압과 당뇨 약에 성공하면 다른 약 개발에도 속도가 붙을 일이다. 특허를 내면 세계시장 장악도 가능했다. 제약 한류가 꿈은 아닌 것이다.

"기분 죽이는데요?"

류수완을 보낸 후 진경태와 차를 마셨다. 진경태 역시 한껏 고무된 표정이다.

"……?"

찻잔을 놓던 윤도의 시선이 신문에 꽂혔다. 어젯밤 축구 경기의 기사였다.

〈극적인 역전골, 한국 팀 환호 뒤의 재앙〉

타이틀이 심상치 않았다. 박성국의 부상이 생각보다 심각한 모양이다.

"어이쿠, 이 친구, 운도 없네."

기사를 보던 진경태가 혀를 찼다. 박성국의 부상은 전방십자인대 파열에 아킬레스건 이상이었다. 선수 생활을 위협할 정도는 아니지만 준결승전과 결승전은 물 건너갔다는 진단이다.

"속된 말로 개고생 끝에 올라갔는데 준결승, 결승을 못 뛰면……."

"그러네요. 박성국 빠지면 결승은 고사하고 준결승에서 우즈베키스탄에게 처발릴 각이던데. 걔들, 이번 팀 멤버들이 막강하더라고요. 역대급이에요."

종일도 안타까움을 표했다.

운!

그런 게 있는 모양이다. 열심히 한다고 누구나 성공하는 건 아니다. 그러나 운동선수로서 크고 작은 부상은 피할 수 없는 일. 결승은 운에 맡기고 치료를 받는 수밖에 없었다.

빠라빠라빵.

다음 날 아침, 출근 직전에 전화가 들어왔다. 광희한방대학병원의 조수황이었다.

"과장님, 웬일이세요?"

살짝 긴장하며 전화를 받았다. 이 시간의 전화라면 응급환자 건일 가능성이 높았다.

—미안해. 잠 깨운 건 아니지?

"원래 일어나는 시간입니다."

—이게… 내가 축구를 워낙 좋아하다 보니…….

"축구요?"

—자카르타에서 아시안게임 열리는 거 알지?

"예."

—엊그제 카타르 전에서 한국 팀 에이스 박성국이 다리 부상을 당했어.

"저도 중계 봤습니다."

—그래? 아무튼 그게 생각보다 발목을 잡나 봐. 현지에 내 후배 한의사가 있는데 교민회 한의사에게도 SOS가 들어왔다는 거야. 이 친구가 달려갔는데 전방십자인대 부분 파열에 아킬레스건까지 문제가 생겼다네. 침으로 혈자리를 잡아봤는데 큰 차도가 없다고…….

"……."

—나한테 특효혈 방법이 없냐고 물어보는데 낸들 방법이 있나? 그 친구 진단으로는 4주 정도는 쉬어야 한다는데 박성국 선수를 보니 안타까워 죽겠다는 거지. 이번에 금메달 못 따면 군 복무 때문에 황금기 끝난다는 거야. 그래서 본인도 혼신을 다하다가 불의의 파울로…….

"……."

—오늘 오후 7시가 결승전이지 않나? 신묘한 비방 있으면 알려달라고 묻길래…….

전방십자인대 파열, 4주 진단. 그렇다면 인대 손상 2Grade였다. 인대 손상은 1에서 3Grade로 나뉜다.

1은 10% 이내로 늘어나거나 찢어지는 것—통증을 수반하지만 1주 정도 안정하면 대부분 낫는다.

2는 40~50% 정도 찢어진 상태—발목이 붓고 통증도 오래간다. 회복까지 4~6주가 걸린다.

3은 완전히 끊어지는 상태로 파열—대개 수술까지 요구된다.

—미안하지만 특효혈이 없겠나?

"있다고 해도 제가 진맥하기 전에는……."

—그렇지?

"그거 부탁하려고 전화하신 겁니까?"

윤도가 정곡을 찔렀다.

이제 7시를 갓 넘은 아침. 침술 명의로 불리는 조수황이 전방십자인대 파열 특효혈 때문에 전화를 걸었다? 그렇다면 돌아서 들어오는 SOS가 분명했다.

—들켰군. 사실은 그러하네.

조수황이 자수했다.

—박성국 선수 부친이 내 고교 동기생이라네. 어쩌면 아들에게는 마지막 기회. 컨디션까지 최상인데 불의의 파울로 마지막 기회를 놓치게 생겼으니…….

"다른 딜도 했겠죠?"

—자네가 와서 박성국 다리를 고쳐준다면 몇 억이라도 내놓을 수 있다고 하더군.

"……."

—…….

"몇 억 준비하려면 시간이 많이 걸릴 테니 일단 비행기 표부터 구해보라고 하시죠."

—가주실 텐가?

윤도의 답에 조수황이 반색했다.

"가보죠. 상태를 못 봐서 장담은 못 하지만 저도 팬으로서 안타깝거든요. 세계 정상급 선수인데 군 복무도 중요하지만 그 시간에 외화 벌고 국위 선양하는 것도 괜찮지 않을까요? 여론 보면 대신 군대 가겠다는 사람까지도 나오는 판인데……."

—와우, 고맙네. 내 당장 인도네시아에 전화 걸겠네.

조수황은 반색하며 전화를 끊었다.

비행기 표는 바로 수배되었다. 박성국의 소속사에서 힘을 쓴 까닭이다.

오전 10시 35분에 출발하는 인도네시아행 비행기였다. 도착 예정 시간은 현지 시간 오후 5시 15분. 공항에서 스타디움까지 약 30분 소요 예정. 경기 시간이 7시이니 윤도에게 남는 시간이 1시간 남짓이다. 심각한 부상이 아니니 그만하면 시도해 볼 가치가 있었다.

서둘러 약침을 골랐다. 선택은 곤륜구산의 약수를 베이스로 하는 약침이었다. 마시면 활력을 준다. 외상을 입었을 때 발라도 좋다. 여기에 장침 효과를 더하면 단시간의 회복을 노려볼 만했다.

—네?

돌발 스케줄을 전화로 통보받은 정나현이 울상을 지었다.

"미안해요, 실장님. 오늘 예약 환자들 전화번호 좀 주세요."

—원장님…….

"맨날 실장님만 곤란하게 만드는 거 같으니 제가 공항 가면서 직접 설명 드릴게요."

—제가 해도 되는데…….

정나현이 자청했지만 윤도는 허락하지 않았다. 공항으로 달리며 예약 환자들에게 양해를 구했다. 다들 흔쾌히 수락해 주니 고마울 뿐이다.

자카르타까지는 7시간이 걸렸다. 비행기가 15분 딜레이되는 바람에 오후 5시 반에 도착했다. 그만큼의 여유가 없어진 것이다.

"타시죠."

현지 공항에는 박성국의 부친이 나와 있었다. 그 차 앞에 인도네시아 경찰차가 보였다.

대회 조직위에 부탁해 에스코트용으로 지원받았다고 한다. 서둘러 부친의 차량에 올랐다.

"박성국 선수는 어디에 있습니까?"

"일단 경기장에 나가 있을 겁니다."

부친이 답했다.

"경기장까지는 얼마나 걸린다고요?"

"여기 교통 체증이 장난이 아니지만 경찰차가 인도하면 30분이면……."

그 말이 독이 되었다. 10분쯤 질주했을까? 어느 순간 차량 속도가 확 줄어들었다.

"왜 그래?"

운전사를 닦달하던 부친의 목소리가 벼락처럼 잘려 나갔다. 차는 완전히 멈췄다.

그 앞으로 펼쳐진 건 차량의 바다였다. 대형 사고라도 난 모양이다.

10여 분이 지났다.

인도네시아 경찰이 다가와 운전자에게 뭐라고 말을 전했다.

"사고라는데요? 전방에서 기름 탱크차가 전복되면서 관광버스와 추돌했답니다. 화재 위험 때문에 차량이 통제되면서 앞쪽으로 2킬로미터 가까이 밀려 있답니다."

기사가 통역을 했다.

"맙소사!"

그 말을 들은 부친이 하얗게 질리며 넘어갔다. 한시가 모자란 판에 교통사고라니. 이렇게 되면 경기 시간 안에 가는 것조차 어려운 일이다.

"지하철이 있다고 들었는데요?"

윤도가 기사에게 물었다.

"있기는 한데 이쪽 방향이 아닙니다. 걸어가려면 30분도 넘게 걸릴 겁니다."

"……."

진퇴양난이다. 차에서 내려 차도를 보니 한숨만 나왔다. 앞뒤로 막혀 오도 가도 못 하는 신세가 되었다. 이러다가는 경기가 끝나고서야 스타디움에 도착할 것 같았다.

'여기까지 와서…….'

참담해하는데 귓전에 헬기 소리가 들렸다. 길 건너편에 헬기장이 있었다. 저걸 탈 수만 있다면 얼마나 좋을까? 한국이라면 청와대에 전화라도 해보련만 인도네시아는 초행이니 손 쓸 길이 없었다. 타기만 하면 시간을 맞출 수 있을 일. 그러나 그림의 떡이다.

'응?'

윤도의 눈이 착륙하는 헬기의 로고에서 멈췄다. 어디서 많이 본 로고였다.

'맞아. 중국의 바이징팅.'

HIV의 중국 재벌 기업가가 뇌리를 스쳐 갔다. 그 회사의 로고였다.

중국 재벌이기에 동남아에도 그의 기업이 진출해 있었다. 더구나 인도네시아 등은 중국의 입김이 제대로 먹히는 곳. 윤도는 서둘러 핸드폰을 뽑아 들었다.

—채윤도 선생님.

전화기에서 바이징팅 회장의 목소리가 흘러나왔다. 지옥의 불바다에 내려온 동아줄을 잡는 느낌이다.

투타타다!

프로펠러가 꺼지기도 전에 윤도와 박성국의 부친이 헬기에서 뛰어내렸다. 그 뒤를 이어 인도네시아 경찰도 내렸다.

"회장님께 감사 인사 전해주세요!"

윤도가 조종사에게 소리쳤다. 스타디움은 멀지 않았다. 뛰어서 5분이면 되었다.

겔로라 붕 카르노 스타디움. 간단하게 GBK 스타디움으로 불린다.

그 위용이 어마어마했다. 인도네시아 축구장이라기에 과소평가한 윤도의 상상이 낱낱이 깨져 나갔다.

수용 인원 88,000여 명을 자랑하는 스타디움은 웅장함 그 자체였다.

"이쪽입니다."

부친이 경기장 안으로 뛰었다. 길은 인도네시아 경찰이 뚫어주었다.

"와아아!"

운동장이 보이자 함성이 귓전을 때렸다.

"이 선생님."

전화를 받은 트레이너가 달려왔다.

"성국이는요?"

"이쪽입니다."

트레이너가 대기실을 알려주었다. 이제 출전 시간 15분 전이다.

"아버님!"

부친이 들어서자 감독과 코치가 벌떡 일어섰다.

"채윤도 선생님이 도착했습니다."

부친이 외쳤다. 박성국은 구석 의자에 앉아 있었다. 당연히 안색이 좋지 않았다. 선수들이 환호했지만 반길 여유도 없었다.

"좀 도와줘요! 시간이 없으니 박 선수를 편안한 곳에 눕혀 주세요!"

윤도가 소리쳤다. 선수들이 달려들어 매트를 만들었다. 박성국이 거기에 누웠다.

인사를 나눌 시간도 없이 맥을 잡았다. 남은 시간은 13분. 피가 마르는 윤도였다.

맥은 불규칙하게 팔딱거렸다. 불의의 부상 때문이다. 비장의 맥이 엉클어졌고 간장과 신장도 그랬다. 뼈에는 골열이 심각했다.

그래서 신장의 맥이 풀렸다. 근육과 근막이 상하면서 간장의 맥도 엉망이다. 따라서 뼈와 근육에 인접한 살을 주관하는 비장의 맥도 무질서했다.

"어떻습니까?"

감독이 물었다.

"일단 침을 넣어보겠습니다."

윤도가 장침을 꺼내 들었다. 잘하면 기혈을 한 바퀴 돌릴 수 있었다. 하지만 그것으로 경기력을 갖출 수 있을지는 의문이다.

코칭스태프는 초조했다.

경기 개시 15분 전에 십자인대 부상과 아킬레스 이상을 고친다는 건 상식적으로 있을 수 없는 일. 하지만 한국에서 날아온 의료인이 채윤도였다.

채윤도.

코칭스태프라고 그 이름을 모를 리 없었다.

게다가 버릴 수 없는 부동의 에이스 박성국. 절실한 마음으로 윤도 카드를 믿어보기로 했다. 그렇기에 교체 선수 명단에 박성국을 올려둔 감독이다.

윤도가 침을 뽑았다.

대한민국 부동의 에이스 박성국.

그의 축구 운명은 이제 윤도의 장침 끝에 달려 있었다.

무릎 관절.

2개의 십자인대로 안전성을 보장받는다. 전방십자인대와 후방십자인대가 바로 그것이다. 무릎 위아래의 뼈를 움직이게 해줌과 동시에 무릎과 하체를 안정적으로 지지하는 역할이다.

전방십자인대의 주요 기능은 정강뼈가 앞으로 이동하는 것을 방지하는 역할이다.

나아가 과도한 움직임과 정강뼈의 회전을 제한해 준다. 그러나 십자인대는 강력한 인대임에도 외상에 의해 쉽게 파열될 수 있었다.

축구, 농구, 배구처럼 흔한 스포츠 활동을 하면서 다치는 경우가 많다.

전방십자인대가 파열되면 처음에는 극심한 고통이 수반된다. 나아가 관절 내에 혈액이 고이는 혈관절증이 뒤따른다. 피가 고이면 무릎이 부어오르거나 압통으로 인해 관절을 사용하는 기능의 제한이 뒤따른다.

부분 파열의 경우에는 몇 주 정도 부목을 대고 안정하면 회복하는 경우가 많다. 하지만 방치할 경우, 만성적인 무릎 불안과 더불어 무릎에 힘이 들어가지 않는 증상 등이 나타날 수 있다. 나아가 관절 연골의 손상, 외상성 관절염도 유의 사항이다.

한방 측면에서 보면 슬통, 슬부굴신 곤란 등으로 파악할 수 있다. 슬부를 경유하는 경맥은 족양명위경, 족태음비경, 족소양담경 등이니 그쪽 혈자리를 치료에 이용한다.

관절의 변형 정도나 통증의 특이성에 따라 학슬풍, 풍한습비, 골비 등으로 나누지만 대개는 비증의 범주에서 이해하면 된다.

맥과 함께 치료 과정을 빠르게 복기했다. 무릎 쪽의 손상은 전방십자인대가 가장 심각했다. 인대의 결이 하나하나 흩어지며 걸레의 느낌을 주었다. 그로 인해 반월상 연골도 문제가 생겼다.

터진 인대의 결을 결합시키고 연골 파열도 제자리로 돌려야 했다. 그다음이 힘줄로도 불리는 아킬레스건의 회복이다.

근원 치료는 신장—비장—간장 순으로 기혈의 조화가 필요했다.

박성국은 건강한 남자. 오장의 부실로 온 질병이 아니라 갑작스러운 대미지로 오장의 기혈이 흐트러진 경우이다. 그렇다면 경기 입장 직전에 기혈의 조화를 이뤄 극적으로 무릎을 살려볼 수 있었다.

일단 무릎 연골과 반월상 연골 사이에 봉침을 넣어 사혈부터 빼냈다. 그런 다음 무릎 주변의 아시혈을 따라 첫 침을 넣었다.

'읏!'

침이 들어가기 무섭게 벽이 느껴졌다. 장막처럼 혈자리를 막아서는 사나움이다.

뭘까?

사기의 뭉침이 이토록 강한 건가?

침을 멈추고 차분히 반응을 살폈다.

'젠장!'

정체를 파악한 윤도의 미간이 확 일그러졌다. 찢어진 인대 사이에 뼛조각이 있었다.

"인대 파열 부위에 뼛조각이 떠다니는 것 같습니다."

윤도가 말했다.

감독과 부친이 동시에 소스라쳤다. 병원 영상 촬영에서는 나오지 않았다.

작기에 그랬다. 어쩌면 인도네시아 영상 판독의의 간과일 수도 있었다.

뼛조각.

부상 부위에 쌓인 피로 누적 때문이다. 무릎 뼛조각의 제거 수술은 그리 어렵지 않다.

수술 후 3~4주 정도면 회복된다. 문제는 시간이다. 또 하나의 복병을 만난 윤도였다.

사혈 부위를 옮겼다. 뼛조각 부근이다. 호침 두 개를 넣어 뼛조각의 이동을 막았다. 그런 다음 삼각 모양의 삼릉침을 찔러 피를 뽑아냈다. 양쪽 호침을 조절해 자극을 가하자 혈액을 따라 작은 뼛조각이 나왔다.

"나왔습니다."

윤도가 뼛조각을 들어 보였다.

"아!"

안도의 소리가 여기저기에서 들려오지만 윤도에게는 위로가 되지 않았다.

뼛조각은 인대 파열과 상관없는 일. 그만큼 시간을 소모한 셈이다.

"입장 준비해 주세요."

대회 진행 요원 둘이 달려와 통보했다.

이제 남은 시간은 5분이다. 무릎의 아시혈에 들어간 장침으로 기혈을 체크했다.

매끄럽지 않았다. 박성국 때문이다. 마음이 앞서 있었다. 크게 놀랐다.

좌절과 초조감이 컸다. 그런 이유로 기혈이 불규칙하게 돌아 침빨이 제대로 받지 않았다.

박성국.

오늘 대기자 명단에 들어 있어 벤치에 있어야 했다.

선택.

그 순간이 왔다. 결정을 내려야 하는 건 윤도였다.

"감독님."

윤도가 감독을 바라보았다.

"예?"

"박성국 선수, 전반은 못 뜁니다."

선언과 동시에 윤도의 손이 바람처럼 움직였다. 신장과 비장, 간장의 혈자리를 장악하고 치료혈로 파악된 내슬안과 외슬안, 슬양관, 양구, 혈해, 양릉천혈에 화침을 넣었다. 화침은 통증을 내리고 인대와 힘줄의 구조를 단단하게 해주는 힘이 있다.

침감은 느리게 넣었다.

윤도가 팀 닥터로 등록된 것이 아니기에 벤치로 따라갈 수 없는 까닭이다. 마무리로 족삼리와 위중혈, 아시혈 몇 곳을 잡았다. 아시혈은 근육이나 관절 치료에서 빼놓을 수 없는 선택이다.

각 혈자리에서 침감을 조절했다. 그중에서도 간장의 지배를 받는 종근에 심혈을 기울였다. 경기에 임하려면 12개의 경근을 다 돌봐야 했다. 무릎과 발꿈치를 주관하는 방광경근이 키포인트였다.

'번침.'

윤도의 결정이다. 번침은 화타의 제자로 불리는 번아가 최고로 꼽혔다.

불에 달군 침이다. 방광경근으로 무릎을 고치려 할 때는 번침이 유용했다.

윤도 손끝에 불덩이가 일었다. 불덩이를 장침에 실어 보냈다. 염증이 가라앉는 한편 통증은 줄어들고 경혈의 자극은 상승했다. 침감을 조금 더 보태 인대와 힘줄의 생기 형성을 도왔다.

터진 인대가 연결되기 시작했다. 그러나 결합이 끝나려면 시간이 필요했다.

'할 수 없지.'

일반인라면 당장 걷게 할 수도 있었다. 그건 어렵지 않았다. 그러나 축구 선수이다. 급하다고 바늘을 허리에 매어 쓸 수는 없었다.

무리하다 쓰러지면 선수 생명이 끝날 수도 있었다. 침을 찔러둔 채 그대로 테이핑을 했다. 전반 종료 후에 매조지할 생각이다.

"박성국 선수."

"예."

"한 가지만 명심하세요. 당신은 전반에는 환자이고 후반에만 선수입니다. 내 말 어기고 흥분하거나 초조하게 서두르면 기혈이 자리를 찾지 못합니다. 아시안게임은 바로 끝이라고요. 알았어요?"

"예."

"무릎 상태가 좋아지는 것 같더라도 그대로 벤치에만."

"예."

박성국이 고개를 끄덕였다.

"와아아!"

선수 입장이 시작되었다. 박성국은 동료들의 부축을 받으며 들어섰다. 선수 명단을 보고 기대감에 차 있던 한국 응원단이 하얗게 질려 버렸다. 박성국은 도무지 뛸 수 없는 상태로 보였다.

윤도와 부친은 벤치 뒤쪽의 VIP석에 자리를 잡았다.

삐익!

주심의 휘슬과 함께 경기가 시작되었다.

한국 VS 우즈베키스탄.

세상이 변했다.

그에 따라 축구도 변했다. 한일 월드컵 이후로 아시아의 맹주를 자처하던 한국이지만 영광은 길지 못했다. 반면 우즈베키스탄의 전력은 상승일로에 있었다.

이번 대회에서도 우승 후보 0순위였다. 그들은 폭주했고 한국 팀은 막지 못했다.

전반 시작 2분 만에 첫 골을 내주었다. 기습적인 중거리 슛에 당한 것이다.

전반 20여 분까지 한국은 일방적으로 밀렸다. 첫 골을 빨리 내준 후유증이다.

전반 30분이 지나면서 겨우 안정이 되나 싶었지만 그건 착각이었다. 이번에는 우즈베키스탄의 클래시컬 윙어에게 통한의 추가 골을 허용하고 말았다. 수비수 네 명을 무력화시키는 화려한 골이었다.

2 대 0.

전반전이 끝나자 박성국은 다시 동료들의 부축을 받으며 대기실로 나왔다.

"우우!"

한국 응원단의 야유가 쏟아졌다. 감독에 대한 야유였다. 걷지도 못하는 선수를 대기자 명단에 올린 것에 대한 비난이었다.

박성국이 다시 매트에 누웠다. 혈자리의 테이핑을 떼고 기혈을 체크했다.

나쁘지 않았다.

박성국이 윤도의 지시에 잘 따른 것이다. 그는 과연 대선수답게 인내할 줄 알았다.

"어떻습니까?"

감독이 물었다.

"잠깐만요."

대답 대신 신장에 침감을 더했다. 무릎과 발목뼈에 남은 열을 사하기 위함이다. 다음으로 간의 혈을 골라 방광경근에 화침을 더했다.

8분.

마음으로 타이머를 세팅하고 아시혈을 달래주었다.

"선생님, 이제 후반입니다. 된다, 안 된다 가부를 말씀해 주세요. 그래야 후반 전략을 짤 수 있습니다."

감독의 목소리가 높아졌다. 그래도 개의치 않았다. 누군가가 흥분한다고 해서 침빨이 변하는 것도 아니었다.

땡!

마음속의 타이머가 울렸다.

"아, 나 참."

감독이 콧김을 뿜을 때 윤도는 침을 뽑아냈다.

"끝났습니다. 일어나 보세요."

윤도가 선언했다. 박성국이 매트에서 일어섰다. 선수들의 시선이 박성국에게 쏠렸다.

"가볍게 걸으세요. 무리하지 말고요."

윤도의 지시에 따라 박성국이 움직였다. 부축받지 않아도 되었다.

"안 아픈데요?"

무릎을 움직여 본 박성국이 윤도를 돌아보았다.

"성국이 형 뛸 수 있는 겁니까?!"

선수들이 이구동성으로 외쳤다. 윤도는 대답 대신 박성국의 맥을 잡았다. 아쉽게도 1%의 부조화가 남아 있었다. 파열된 인대의 결합력이 100%가 아닌 것이다.

"누워요."

박성국을 눕히고 다시 장침을 꽂았다. 활력의 약수를 베이스로 한 약침이다.

'안 되는 거야?'

감독과 선수들의 시선에 실망감이 스쳐 갔다.

"후반 시작 10분 후, 그때 침을 뽑고 출전하세요."

마침내 윤도가 확정 선언을 했다.

"우와아!"

"성국이 형!"

선수들이 박성국의 주변으로 모여들어 환호했다. 혼자 힘으로 우뚝 선 박성국이다. 코칭스태프들의 입가에도 안도의 미소가 스쳐 갔다.

후반이 시작되었다.

한국은 또 한 골을 내주었는데 다행히 오프사이드가 선언되었다.

이어진 코너킥에서도 골키퍼가 놓친 공을 수비수가 골대 앞에서 걷어내는 불안이 계속되었다.

후반 10분. 박성국이 벤치 뒤쪽의 윤도를 바라보았다. 윤도가 박성국을 불렀다. 즉석에서 맥을 잡았다. 이제는 문제가 없었다.

"가요!"

윤도가 경기장을 가리켰다. 장침 테이핑을 뜯어낸 박성국이 몸을 풀기 시작했다.

무릎이 올라갔다. 괜찮았다. 몸동작이 커졌다. 크게 불편하지 않았다.

그걸 본 관중들이 술렁이기 시작했다. 그건 상대방 벤치도 다르지 않았다. 경기 전에 입장할 때는 분명 부축을 받으며 들어온 박성국. 그가 몸 풀기 런닝을 시작한 것이다.

"고맙습니다."

부친이 윤도의 손을 잡았다.

마침내 선수 교체가 단행되었다. 박성국의 투입이었다. 관중들은 어리둥절했다. 대체 뭐가 어떻게 되는 것인가? 어차피 지는 거 감독의 무리수인가? 저러다 박성국의 선수 생명이 끝나는 건 아닌가?

박성국은 경기장 잔디에 키스를 하고 그라운드를 밟았다. 윤도를 향해 거수경례를 한 그가 최전방으로 움직이기 시작했다.

후반 15분.

한국이 안정을 되찾기 시작했다. 박성국의 침투 능력과 돌파력이 빛을 발하자 우즈베키스탄 감독은 지키는 작전으로 돌아섰다. 거기서 박성국의 킬러 본능이 터져 나왔다. 하프라인 가까이에서 공을 넘겨받은 박성국. 무려 30미터가 넘는 거리를 치고 들어가 수비수 셋을 제치고 골망을 가르는 그림 같은 골을 넣은 것이다.

"와아!"

한국 응원단이 방방 뛰기 시작했다. 골 때문만은 아니었다. 박성국의 움직임 때문이다. 부상 전에 펄펄 날던 에이스와 조금도 다르지 않았다.

다시 4분 뒤, 이번에는 박성국의 절묘한 도움이 빛을 발했다.

페널티 박스 안까지 돌파한 박성국이 뛰어들던 동료에게 볼을 띄웠다. 동료의 이마를 맞은 공이 우즈베키스탄의 골망을 갈라 버렸다.

"와아아!"

관중석은 무너지기 직전이었다. 분위기상 3 대 0 정도로 발릴 것 같던 경기이다. 하지만 박성국의 투입으로 단숨에 분위기를 반전시킨 대표팀이다.

우즈베키스탄도 만만치 않았다. 다시 진용을 가다듬고 총공세에 나섰다. 박성국은 수비까지 가담했다. 이 과정에서 볼을 경합하다 파울을 당했다. 박성국이 그라운드에 쓰러졌다.

"저……."

부친이 벌떡 일어섰다. 선수들도 박성국에게 달려갔다. 몇 바퀴를 뒹굴던 박성국이 무릎을 만지며 일어섰다. 부상의 재발은 아니었다.

"휴우!"

윤도와 부친이 합창하듯 안도의 숨을 내쉬었다.

결국 두 팀은 전후반 90분을 소모해 버렸다. 추가 시간이 주어졌다. 인저리 타임은 2분이었다. 거기서 박성국이 폭발했다. 한국 골키퍼가 롱 킥으로 넘겨준 공이 상대 선수의 머리를 맞고 떨어졌다. 한국 선수가 잡아 질주하는 박성국에게 로빙 볼로 넘겨주었다. 박성국이 몸을 띄우며 발리킥을 날렸다. 공은 골키퍼의 손을 스쳐 그대로 그물망을 흔들었다.

3 대 2.

한국의 대역전승이었다. 간을 졸인 끝에 결승에 진출한 한국이다.

"와아아!"

응원단은 잔칫집이었다. 다 진 경기를 뒤집은 박성국. 두 골에 도움 하나. 이보다 더 드라마틱한 게임은 있을 수 없었다.

골은 넣은 박성국은 윤도의 앞으로 달려갔다. 그 앞에 서기 무섭게 윤도에게 거수경례를 했다.

"고맙습니다, 선생님."

윤도도 거수경례로 인사를 받았다. 그 모습이 전광판에 고스란히 잡혔다.

"채윤도다!"

관중석의 누군가가 외쳤다. 수천 한국 관중의 시선이 화면으로 향했다. 채윤도가 맞았다. 그가 온 것이다. 그가 박성국의 부상을 치료해 기적을 쓰게 한 것이다.

"채윤도! 채윤도!"

관중들이 윤도를 연호하기 시작했다. 윤도는 박성국의 손을 잡고 함께 치켜들어 환호에 답했다.

"와아아!"

구름 관중의 환호는 하늘까지 올라갔다.

결승에서 한국은 일본을 2 대 1로 일축했다. 그 두 골 역시 박성국의 발에서 나왔다. 동점골을 어시스트한 후 후반 34분에 헤딩 역전골을 쑤셔 넣은 것이다. 한국의 승. 박성국의 목에 메달이 걸렸다. 금메달이었다.

"기회를 주신 조국에 감사드립니다. 열심히 뛰어준 후배들도 고맙습니다. 이 기회를 놓치지 않도록 여기까지 날아와 신침을 놓아주신 채윤도 한의사님께 이 금메달을 바칩니다."

박성국의 인터뷰는 깔끔했다.

4. 명침보다 만보계

금메달.

정말 윤도의 품에 안겼다. 박성국의 부친이 귀국해 윤도에게 전한 것이다.

"고맙습니다. 성국이가 직접 와서 드려야 하는데 유럽 리그 때문에 바로 돌아갔습니다. 리그 끝나면 인사하러 올 겁니다."

"아버님."

"그리고 이거……."

부친이 봉투를 내밀었다. 안에 든 건 5억짜리 수표였다.

"마음 같아서는 100억이라도 드리고 싶습니다. 그 금메달,

우리 성국이가 10여 년을 꿈꾸던 거거든요."

금메달과 5억 원.

인도네시아 1회 출장치고는 괜찮은 성과였다. 하지만 윤도는 받지 않았다.

"선생님."

"아버님, 군대 다녀오셨습니까?"

"물론이죠. 강원도 철책 수색대에서 만기 제대 했습니다."

"눈도 좀 치우셨겠군요?"

"그랬죠. 그 트라우마 때문에 지금도 눈이 많이 오는 건 달갑지 않습니다."

"이 돈 말입니다. 제가 받은 것으로 할 테니 그 부대 찾아가서 기부하시죠. 밤낮 없이 철책을 지키는 병사들에게 말입니다."

"선생님."

"박성국 선수, 이제 군대에 가지 않아도 되는 것 아닙니까? 하지만 군에 간 사람들에게 부채 의식은 남을 겁니다. 물론 골 열심히 넣어서 그들을 위로하는 것도 좋겠지만 기왕이면 파티 한번 거하게 열어주는 것도 나쁘지 않겠지요."

"정 그러시면 그 기부는 제가 따로 하겠습니다. 성국이가 이번 군 면제로 연봉 협상과 선수 생활에 굉장히 유리해졌으니 문제되지 않습니다."

"아뇨. 이 돈으로 하세요. 그래야 저도 보람이 있지요. 돈 벌자고 박성국 선수 도와준 거면 너무 팍팍한 일 아닙니까?"

"선생님."

"대신 메달은 박성국 선수 마음이라니 받아두겠습니다."

"……."

"가보세요. 제가 그동안 밀린 환자가 많아서 오늘은 전쟁 좀 치러야 하거든요."

"알겠습니다."

박성국의 부친은 그대로 일어설 수밖에 없었다. 그렇잖아도 조수황을 통해 윤도의 인간미를 알고 있는 부친. 허리를 조아려 고마움을 표하고 일어섰다.

5억.

큰돈이다. 그러나 단칼에 거절하는 인품. 왜 국대급 명의로 불리는지 알 것 같았다.

차에 탄 부친은 그길로 내비게이션에 주소를 입력했다. 그 자신이 복무한 부대였다. 윤도의 단칼 거절처럼 그 역시 단칼에 마무리를 할 생각이다.

"와아!"

금메달을 본 직원들이 환호했다.

"어때요? 저 어울려요?"

정나현이 그걸 걸고 섹시 포즈를 취했다.

"실장님, 나도 한번 걸어보게 해주세요."

승주가 손을 내밀었다. 하지만 메달의 차지는 종일이었다. 뒤에서 낚아챈 것이다.

"이게 박성국 선수 목에 걸었던 거란 말이죠? 저 박성국 삘 좀 나나요?"

종일이 목에 건 메달을 들어 보였다. 직원들은 돌아가며 메달을 걸었다. 박성국보다 더 기뻐하는 직원들이다.

"이러다가 우리 원장님, 프리미어리그로 가시는 거 아니야?"

연재가 엉뚱한 상상을 펼쳐놓았다.

"그러게요? 그 선수들 연봉이 천문학적이라 부상에서 나올 수만 있다면 얼마든지 배팅할 텐데?"

종일이 동조하고 나섰다.

"에이, 너무 막나가네. 그만하고 진료 시작합시다."

윤도가 상황을 정리했다. 이틀 밀린 환자들 진료하느라 분주했던 오전. 이제는 오후 환자를 받을 차례였다.

똑똑!

노크 후에 문이 열렸다. 문이 열렸음에도 윤도의 시야는 답답했다.

예약 환자 때문이다. 척 봐도 100kg이 넘을 것 같은 풍후한 체구. 고도비만 여학생이다.

—한은지, 18세, 고2, 112kg.

안미란이 예진 차트를 건네주었다.

비장 이상—기 순환 적체로 사료. 육가증도 의심.

다양한 비만 치료 실패—위 풍선 삽입술에 더불어 위 절제 수술 전력.

자살 시도 2회—미수로 위세척 등의 전력 有.

차트에는 안미란의 소견과 환자의 병력이 적시되어 있었다.

18세 소녀 한은지.

그녀의 시선은 창가 테이블에 있었다. 승주가 가져다 둔 빵에 꽂혀 있는 것이다.

완치된 환자가 인사로 사 온 갓 구운 우리 밀 빵. 한은지의 목울대로 연신 침이 넘어갔다.

그새 눈과 마음으로 탐하고 있는 것이다. 힐금거리던 눈이 윤도와 마주치자 고개가 벼락처럼 떨어졌다. 감수성이 예민할 나이에 100kg이 넘는 체구. 아무래도 당당하기 어려운 몸매였다.

"얘가 고1까지는 43kg의 날씬한 몸매였어요."

보호자로 따라온 어머니가 사진을 내밀었다. 현재와 비교하면 환상이었다. 어머니의 체형이 그랬다. 중년에 접어들었음에도 균형 잡힌 몸매였다.

한은지의 비극은 고1의 기말고사에 왔다. 앞서 치러진 첫 중간고사는 성적이 좋았다. 반에서 3등을 찍었다. 1등과의 점수 차이가 평균 1점 정도였으므로 기말고사 역전을 노리며 올인했다.

한은지는 승부욕이 강한 학생. 1학기 반 1등으로 내신을 선점할 생각이었다.

노력했지만 실패했다. 첫 교시의 영어가 발단이었다. 밤샘 공부의 피로가 원인일 수도 있었다. 문제를 봤을 땐 자신감이 폭발했다. 전부 공부한 내용이었다.

'100점.'

그녀는 확신했다. 그 자신감 끝에 비극의 씨앗이 딸려왔다. 자신감 폭발로 긴장이 풀려 짧은 문제 하나를 건너뛰어 버린 것. 그 때문에 답이 쫙 밀려 버렸다.

마킹을 하고 보니 마지막 답 칸이 남았다. 공교롭게도 마지막 세 문제의 답이 3, 3, 3이었다.

종료가 가까웠기에 무심코 3을 하나 더 마킹하고 답지를 제출했다. 그때까지만 해도 그녀는 내신 1등급의 기대감으로 타오르고 있었다.

감독관 학부모와 선생님이 나가자 급우들의 시험 뒷말이 터져 나왔다. 그 말을 듣다가 초대형 사고를 알게 되었다.

'안 돼.'

한은지는 교무실로 뛰었다. 하지만 막혔다. 시험 기간 동안 교무실은 학생 출입 금지였다. 담임을 찾아 답안지 확인을 부탁했다.

"……!"

한은지가 복도에 무너졌다. 답이 밀린 게 맞았다. 6번부터 밀렸으니 100점은커녕 잘해야 20~30점이었다. 1등급이 아니라 2등급도 못 지키게 되었다. 내신 4대 과목 중에서도 가장 중요한 영어가 아닌가?

집으로 돌아와 3일을 굶었다. 공부는 포기했다. 어머니가 나서고 아버지가 나섰지만 답안은 정정되지 않았다.

첫 자살 시도를 했다. 어머니가 발견하는 바람에 미수로 끝났다.

뻥 뚫린 자리를 먹는 걸로 채웠다. 우등생의 가방에는 문제집 대신 간식거리로 채워졌다. 날씬한 체형의 한은지. 그러나 먹고 자는 데는 장사가 없었다. 몇 달은 크게 문제가 없었지만 살이 오르기 시작하니 가속도가 붙었다. 순식간에 70kg를 넘은 것이다.

살만 찌는 것이 아니었다. 몸에 힘도 없었다. 여름 교복조차 무겁고 노트 한 권도 무거웠다. 조금 두툼한 교과서는 아예 떨어뜨리는 경우도 많았다. 별수 없이 보약을 사다 먹였다. 그게 또 비만의 뇌관을 열어버렸다.

한은지.

삶의 의욕이 멈췄다. 학교 가는 것도 싫어 결석을 밥 먹듯이 했다. 그런 날이면 하루 종일 먹을 것을 달고 살았다.

그 즈음에 한은지는 자신을 돌아보게 되었다. 마트였다. 먹을 것을 카트 가득 골라 나오다 한 남학생을 만났다. 초등학교 때 좋아하던 남자였다.

그 아이는 그때보다도 더 멋지게 변해 있었다. 한때는 자신의 이상형이던 남학생. 하지만 너무 어려 그저 친구로 지내다 말았던 사이.

"안녕."

인사를 했지만 남학생은 한은지를 살갑게 대하지 않았다. 이유는 자명했다. 마트 대형 거울에 비친 한은지는 그때의 한은지가 아니었다.

두 번째 자살 시도를 했다. 역시 어머니에게 발견되어 목숨을 구했다. 이때도 위세척을 받았다.

두 번의 자살 시도 후 어머니와 페루 여행을 갔다. 하늘 아래 가장 높은 곳에 있다는 티티카카 호수였다. 마음을 씻으러 온 사람들이 많았다.

그 호수에서 어머니와 밤새워 이야기를 했다. 그제야 마음이 비워졌다.

다시 옛날로!

마음을 잡았다. 될 대로 되어라에서 비만 치료를 시작했다. 부모가 적극 지원했지만 쉽지는 않았다.

초고도비만.

살이 붇기 시작하면 물만 마셔도 살이 찐다고 한다.

하지만 한은지는 냄새만 맡아도 살이 쪘다. 양방에서 한방까지 풀코스로 다 거쳤다.

약을 먹고 운동을 하면 조금 빠지기는 했다. 하지만 그뿐이었다. 마음만 있을 뿐 몸이 따르지 않았다. 먹으면 누웠고, 걸으려 하면 무릎이 아팠다.

비만의 덫은 이미 그녀의 의지까지 묶어버린 후였다. 결국 위 풍선 삽입술을 받았다. 실패했다. 비위가 민감해 구토가 심한 까닭이다. 최후의 선택은 위 절제였다. 그 또한 큰 효과가 없었다.

그때 윤도를 알게 되었다. 손대면 고치는 명의. 죽은 사람도 살리는 명의. 그라면 희망을 가질 만했다. 그렇게 윤도를 찾아온 한은지였다.

비장과 육가증.

안미란의 예진은 틀리지 않았다. 살의 건강은 비장 소관이다. 비장은 기와 혈을 생산하고 살을 주관한다. 음식이 들어오면 비의 작용으로 기와 혈이 된다. 그것이 살로 간다. 이때 기와 혈이 모두 넘치면 살이 찐다. 이때의 살은 생기가 있으니 나쁘지 않다. 하지만 기만 넘치고 혈이 모자라면 살은 찌되 생기가 없다. 한은지의 고도비만이 여기에 속했다.

설상가상으로 육가증이 겹쳤다. 이 살은 무기력하다. 솜털이 닿아도 살이 아프다.

통풍과는 다르지만 불편한 건 비슷하다. 영기(營氣)가 허하고 위기가 실하다는 증거였다.

한방에는 살 빼는 약재가 많다. 차와 붉은 팥, 뽕나무 가지차와 다시마 등이 그것이다. 하지만 한은지의 고도비만에는 만족스러운 처방이 아니었다.

—영기.

음식물의 기를 가리킨다. 음식물이 들어오면 비위가 작용해 영기를 만든다.

혈맥에 들어가 혈이 된다. 무지막지하게 먹어대는데 왜 영기가 허할까?

윤도가 환자의 맥을 잡았다. 비위를 확인하기 위해서였다.

'응?'

손을 떼려던 윤도는 오른손 관맥 위에서 다시 촉각을 세웠다. 오른 관맥은 비장과 위장 진단의 첩경이다. 이상 유무 진단은 어렵지 않았다. 그래서 손을 놓으려던 찰나에 깡패처럼 불규칙한 맥이 걸려든 것이다.

'비위의 기혈 순환 역전?'

고개를 갸웃하며 한 번 더 집중했다.

'그랬군.'

거기서 감을 잡았다. 영기와 위기가 뒤집혀 있었다.

발딱!

메커니즘이 바뀐 것이다.

사람에게는 네 개의 중요한 기(氣)가 있다.

이른바 포(Four=4) 기였으니 원기(元氣), 종기(宗氣), 영기(營氣), 위기(衛氣)가 그것이다.

원기는 인체의 기본이 되는 기로 진기라고도 한다. 신장에서 만들어지며 인체의 성장 발육과 생식, 생리 활동을 주관한다.

종기는 가슴에 모인 기를 말한다. 이 기가 모인 장소를 기해, 혹은 전중이라고 한다. 호흡과 기혈의 운행 등을 담당한다.

영기는 위에 적시했으니 생략하고, 위기는 영기의 상대적인 성격을 갖는다. 영기가 음이면 위기는 양으로 본다. 음과 양이기에 영기와 위기의 협력이 중요하다. 영기와 위기가 조화를 잃으면 병이 생긴다. 즉 인체의 기는 선천지기로 불리는 신장과 후천지기인 폐, 수곡정기로 불리는 비위의 조화가 절대적이다.

이러한 영기는 밤낮으로 일정하다. 하지만 위기는 밤낮의

유주가 다르다. 낮에는 수족육양경을, 밤에는 오장지음을 수행한다. 즉 깨어서 활동할 때와 잠들었을 때가 다른 것이다.

환자는 이게 뒤집혔다.

영기에 밤낮이 구분되고 위기에 밤낮이 사라졌다. 밤낮을 잊은 위장이었다.

—먹어.

—먹으라고.

당연히 몸에 신호를 보낸다. 그렇기에 눈만 뜨면 먹어야 했고, 비장의 생기는 반쪽이 되어버렸다. 육가증도 이 과정에서 겹쳤다.

영기와 위기의 부조화는 당연하고, 다른 오장이 망가지지 않은 것만 해도 다행이었다. 위 절제를 했음에도 이런데 그전에는 오죽했을까?

영기와 위기가 뒤틀렸다. 이것만 잡으면 이 환자의 고도비만은 해결될 것이다. 잠시 오행을 생각했다.

목극토(木剋土)다.

간장으로 비장을 제압하고 위장의 운행을 잡으면 된다. 그런데 위장도 목극토에 해당하는 토(土)의 성질이다. 자칫하면 다 잡는 꼴이 되어버린다.

영기(營氣) 스톱—비기(脾氣) 스톱.

위기(衛氣) 스톱—위기(胃氣) 스톱.

비만 잡으려다 사람 잡는 수가 생길 수 있었다.

하지만 윤도는 웃었다.

극한이다.

그래서 웃는 것이다. 차곡차곡 쌓인 살이라면 단시간에 뺄 수 없다.

적어도 1년 정도 잡고 꾸준한 치료와 노력을 경주해야 한다. 대부분의 환자가 여기에서 나가자빠진다.

—나 그냥 이대로 살래.

GG를 치는 것이다.

그러나 극한은 한의사의 역량에 달려 있다. 극한의 퍼즐만 풀어버리면 오히려 쉬운 일이 될 수도 있었다. 흡사 막힌 수채 구멍을 뚫는 것과도 같았다.

"시작해 볼까?"

윤도가 한은지를 바라보았다. 승주와 안미란의 도움으로 환자가 누웠다. 110㎏이 넘으니 운신도 자유롭지 않았다. 마음을 다잡고 장침을 뽑아 들었다.

좌양지와 좌족삼리를 시작으로 중완과 관월에 침을 꽂았다. 남은 침 하나는 백회혈이었다. 사기를 추적하는 것이다. 그렇기에 좌양지와 좌족삼리만 잡았다. 사기는 비장으로 기어들어 갔다. 그것은 곧 환자의 병이 비장에서 기인한다는 뜻이다.

중완혈의 장침을 잡고 침감을 조절했다. 화끈한 화침이었다.

"……!"

거기서 윤도의 손가락이 흔들렸다.

'말단.'

비장의 말단이다. 거기에 수많은 사기가 엉겨 있었다. 심리적인 충격에 더해진 음독자살 기도, 그 후에 우격다짐처럼 쏟아진 폭식.

그것들이 기혈의 변이를 가져왔다. 이쯤 되면 비장이라고 별수 없었다.

뒤집힌 상태로 용을 쓰다 적응이 되어버렸다. 밤낮 일정하게 유지되어야 할 영기가 변질된 것이다.

그러나 인체는 항상성을 추구한다. 뭔가가 잘못되면 다른 무엇인가로 대체하려는 속성이 있다.

비기는 가장 가까운 위기를 잡아채 그 기능을 옮겨주었다. 밤낮을 나눠 정교하게 돌아가던 위기가 영기가 되어버린 것이다.

'오케이.'

퍼즐의 해법을 보았다. 다행히 아직은 고도비만의 합병증이 심하지 않은 상태. 그렇다면 신침을 동원해 사기를 몰아내면 된다.

"침구실로 갈까?"

윤도가 문을 가리켰다.

"아유, 걷기 싫은데……."

고작 몇 미터 걸음조차 인상을 찡그리는 환자였다. 보호자로 온 어머니가 나서서 반 부축 상태로 데려갔다. 침을 고르던 윤도가 고개를 갸웃거렸다.

첫 침은 장침이었다.

환자의 사관혈에 넣었다. 그런데 침이 그대로 밀려났다. 다시 넣어도 마찬가지였다.

"기혈이 뭉쳐서 침을 안 받네? 마당에 나가서 30바퀴만 걷고 와."

"예?"

윤도의 말에 환자가 자지러졌다.

"저 다리 아파서 오래 못 걸어요."

"30바퀴라야 1㎞도 안 돼."

"1㎞면 1,000미터잖아요? 인간이 그걸 어떻게 걸어요?"

"걷고 오면 100kg 안으로 빼줄게. 아니면 나한테 침 못 맞아."

"100kg 안으로요?"

"그래."

"오늘 당장이요?"

"그래."

"알았어요."

환자가 일어섰다. 단 몇 미터 걷는 것도 오만상이더니 살을 빼준다니 걸음이 가벼워졌다.

창밖으로 걷는 걸 확인했다. 같이 걷는 어머니에게 푸념이 무한 작렬이다.

"엄마가 가서 5바퀴만 걷는 걸로 줄여주면 안 돼?"

짜증 섞인 목소리가 침구실까지 들려왔다.

"즐거운 마음으로 걷지 않으면 기혈이 안 풀려. 거기서부터 다시 30바퀴."

창으로 내다보던 윤도가 쐐기를 박았다.

한은지가 반 바퀴를 걸었다. 또 벽에 기대 멈췄다.

"거기서부터 다시."

그때마다 거리가 늘어났다. 한은지의 시선이 일침한의원 현판으로 옮겨갔다. 오기 전에 한 검색이 떠올랐다.

—신의.

—명의.

—기적의 장침.

그것들은 과장 광고가 아니었다. 심지어 다른 나라의 활약상도 있었다. 한은지는 입술을 깨물었다. 눈에서 완두콩만 한 눈물이 뚝뚝 떨어졌다. 가는 곳마다 실패한 비만 탈출. 심지어 이곳의 예약도 쉬운 일이 아니었다.

절뚝거리며 걸음을 옮겼다. 한 바퀴를 돌았다. 무릎이 다 녹아버리는 것 같았다. 심장도 세트로 벌렁거렸다. 다섯 바퀴를 돌았다.

이제는 오히려 조금 나아졌다. 한은지는 결국 30바퀴를 다 채웠다.

"다리 아파 죽겠어요."

출발 자리로 돌아온 한은지. 그 자리에 쓰러져 토악질을 했다. 침구실로 돌아와서도 마른 구토를 멈추지 않았다.

"죄송해요. 애가 구토가 심해서 풍선 삽입술도 실패했거든요."

위 풍선 삽입술.

위 절제에 앞서 선택할 수 있다. 말 그대로 위에 특수 풍선을 집어넣는 것이다. 이렇게 하면 식후의 포만감을 느낄 수 있다. 하지만 한은지에게는 어울리지 않았다. 비위 기혈실조와 영기, 위기의 치환 때문이었다. 결국 풍선을 제거하는 수밖에 없었다.

한은지가 침대에 큰대자로 누웠다. 허리둘레가 장난이 아니다. 그녀의 체질량 지수는 39kg/㎡를 넘고 있었다. 보통 체질량 지수가 30 이상일 때 비만으로 분류하니 어떤 수준인지 알 수 있다.

고도비만은 많은 합병증을 유발한다. 그 종류도 다양해 당뇨병, 지방간, 고혈압, 협심증, 심근경색, 관절염, 폐쇄성 수면 무호흡증, 폐색전증, 불임, 역류성 식도염 등등으로 헤아리기도 어렵다. 하지만 가장 심각한 건 수명의 단축이다. 고도비만이라면 누구든 천수를 누리는 게 불가능하다.

한은지의 땀이 가라앉자 시침을 시작했다. 행기활혈의 약침을 척중혈에 찔렀다.

척중혈은 비장을 따뜻하게 보한다. 약침으로 더불어 기혈 실조에 조화를 이루고 과항진된 비장을 진정시키려는 처방이다. 하지만 침감은 크게 조절하지 않았다. 그대로 침 위에 테이핑을 해버리는 윤도였다.

"……?"

보고 있던 안미란이 고개를 갸웃거렸다. 다른 때 같으면 바로 치료혈로 승부를 보았을 윤도. 오늘은 소극적인 치료를 펼치고 있었다. 게다가 아까는 침이 빠지기도 했다. 컨디션이 안 좋은 걸까? 윤도의 실력과는 아주 다른 시침이었다.

비만혈로 잡은 혈자리도 평범하기 그지없었다.

신수혈과 질변혈, 기해혈과 위중혈, 중완혈과 삼음교혈이 그것이다. 교과서 같은 정석 침이었으니 안미란도 처방할 수 있을 정도였다. 대신 침을 감았다 놓으며 살 속의 바람만 조금 빼주었다.

쉬이이…….

그조차 일부만 빼고 막아버렸다. 그에 반해 무릎과 발목 관절의 침은 제대로 들어갔다. 장침도 아니고 망침이었다. 족삼리에서 현종에 이르는 일침이혈. 양능천에서 곤륜혈에 이르는 일침이혈이었다. 살집으로 뒤틀린 다리를 바로잡기 위한 시침이다.

뒤를 이어 장침이 출격했다. 독비혈과 양릉천을 찔렀고 슬관혈과 슬양관혈을 잡았다.

족삼리 역시 빠지지 않았다. 이어진 침은 곤륜혈과 태계혈이었다. 이건 발목을 위한 혈자리였다. 얼핏 보면 무릎과 발목 관절 치료를 하는 것 같았다. 안미란으로서는 이해하기 힘든 처방이었다.

"내려와서 체중 달아봐."

윤도가 체중계를 가리켰다. 승주의 부축을 받은 한은지가 체중계로 올라갔다.

"악!"

수치를 본 한은지가 자신의 입을 막았다.

—98.5㎏.

수치는 분명 100㎏ 안쪽이었다.

"말도 안 돼!"

한은지가 부르르 떨었다.

"어머니 들여보내세요."

윤도가 승주에게 지시했다. 보호자가 보는 앞에서 한 번 더 체중을 달았다. 몸무게는 똑같이 나왔다. 한 번의 시침으로 10kg 이상 줄어든 것이다.

"어머, 어머……."

보호자도 감탄을 멈추지 못했다. 수많은 비만 교실과 약을 먹었지만 단 몇 시간 만에 10kg 이상 빠지는 건 처음이다.

"오늘은 끝."

윤도가 손을 털었다.

"우와아!"

한은지의 몸서리는 아직도 진행 중이었다.

"한은지, 나 믿는다고 했지?"

"네."

"사실은 마음만 그랬지?"

"……."

"그래서 일단 맛보기는 보여줬다."

"선생님."

"이제 반은 믿을 수 있지?"

"아뇨. 무조건 믿어요. 닥치고 믿어요. 완전, 레알, 진심!"

한은지는 거의 제정신이 아니었다.

"집이 무슨 동이지?"

"우리 집은……."

한은지가 답했다. 한의원에서 4㎞ 정도 떨어진 곳이다.

"좋아, 내 처방을 잘 따르면 2주일 후쯤에는 원래의 몸무게로 돌아가게 해줄 거야. 따를 수 있겠어?"

"밥 굶으라고 하지만 않으면요."

한은지의 목소리가 기어들어 갔다.

"굶을 필요 없어. 간식만 아니면 일반적인 칼로리로 하루 세 끼 먹어도 돼. 대신 침은 날마다 맞으러 와야 해."

"그건 문제없어요."

"너 혼자 걸어서."

"……?"

"그게 다야. 걸었는지 아닌지는 침 찔러보면 알지만 핸드폰에 있는 만보계 작동시키고 다녀. 할 수 있겠어?"

"저 다리 안 좋은데……."

"잘 걸을 수 있게 침놓았어. 한번 걸어봐."

"……?"

몇 발을 걷던 한은지가 뻘쭘해졌다.

무릎이 녹아내릴 듯한 고통이 사라지고 없었다. 걸음도 아까처럼 힘들지 않았다.

"어머니께서 도와주셔야 합니다. 은지가 힘들어한다고 자가용 태워주시면 안 됩니다."

보호자에게도 엄포를 놓았다. 실은 한은지 들으라고 한 말이다.

"네, 시키는 대로 하겠습니다."

체중계의 마법을 본 어머니, 무조건 승복했다.

"약은 없어요?"

한은지가 물었다.

"한방은 일침이구삼약이야. 침으로 안 되면 나중에 약!"

"네."

"그럼 가봐."

"안녕히 계세요."

한은지가 침구실을 나갔다.

"원장님."

안미란이 윤도를 바라보았다.

"궁금한 거 있죠?"

"네."

"첫째는 침이 빠진 거?"

"예."

"일부러 그랬어요. 기혈이 엉긴 건 사실이지만 그렇다고 제 침이 빠지기야 할까요?"

"……."

"두 번째는 영기와 위기죠? 그것부터 제자리로 돌려야 하지 않았냐고요."

"네."

"돌리는 건 문제가 아닌데 소용없을 거 같아서요."

"비장이나 위장에 저 모르는 문제가 있나요?"

"아니. 안 선생이 다 맞혔어요."

"그런데 왜?"

"치료를 늦추면서 환자를 오랫동안 오게 해서 치료비 뽕 뽑으려고 그러죠."

"원장님."

"숙제로 줄게요. 너무 전문적으로 덤비지 말고 상식적으로 접근하세요."

윤도는 의미심장한 말로 설명을 대신했다.

상식적.

그게 키포인트였다.

한은지는 2주일 내내 침을 맞으러 왔다. 그때마다 땀에 젖어 있었다.

윤도의 침은 변하지 않았다. 척중혈을 찌른 테이핑을 떼어주고 새 침을 넣은 후 또 테이핑을 감았다. 그저 비장을 보하는 척중혈이었다. 감질 나는 침법이 아닐 수 없었다.

그래도 몸무게는 날마다 3kg 정도씩 빠졌다. 열흘쯤 되는 날 도착한 한은지가 만보계를 꺼내 보았다.

"아싸, 오늘도 만 보 채웠다."

"만 보?"

"여기까지 걸어오면 8,000보쯤 돼요. 그런데 날마다 자꾸 줄어들어요. 7,500보, 7,000보. 그래서 조금 돌아서 만 보를 채우고 있어요."

한은지는 자랑스러운 표정이다. 맹목적으로 윤도의 말을 따르는 게 아니라 재미를 붙인 것이다. 그제야 안미란의 머리에 빛이 들어왔다.

한은지의 집과 한의원의 거리.

그게 열쇠였다.

그래서 윤도가 한은지의 집을 물었던 것이다. 한국인의 표준 보폭은 대략 76㎝이다. 그러나 고도비만 한은지의 보폭은 좀 좁았다.

여기에 굉장한 변수가 있었다. 한은지의 몸무게가 날마다 줄어들었다.

그 말은 곧 보폭이 늘고 있다는 얘기였다. 만 보를 채우려면 더 걷는 수밖에 없었다.

'맙소사!'

감탄이 절로 나왔다. 윤도의 의도는 그것이었다. 고도비만이 되면서 꼼짝달싹하는 것도 싫어하던 한은지였다. 윤도의 신침과 약침이라면 살을 빼는 건 가능했다. 그건 단지 시간의 문제였다.

그러나 다시 칼로리 소모 없이 먹어대면 머잖아 비만으로 돌아갈 한은지였다. 그러니까 윤도는 한은지에게 스스로 균형을 잡을 기회를 준 것이다. 그 미끼를 내세워 날마다 미량의 몸무게를 감량해 주었다. 한은지가 포기하지 않도록 동기부여를 해준 것이다.

명의 위의 신의(神醫).

그 단어가 왜 윤도에게 어울리는지 한 번 더 절감하는 안미란이었다.

약속된 2주차에 그 말이 증명되었다. 이날 시침 전에 체중계에 올라간 한은지의 몸무게는 66kg였다.

"좋아."

만보계에 찍힌 숫자는 10,022. 윤도가 흐뭇한 표정을 지었다. 10,000보를 채우라고 하지는 않았지만 스스로 채운 한은지. 그건 굉장히 의미 있는 결과였다.

"오늘이 약속한 2주인가?"

윤도가 침대의 한은지를 바라보았다.

"네."

"비만이 되기 전의 몸무게가 얼마였다고?"

"45kg 정도요."

"그동안 키가 좀 컸으니 52kg 어때?"

“저는 59만 되어도 좋아요.”

한은지의 미소는 처음 온 날과 달랐다.

진맥을 했다. 비장의 맥은 거의 정상으로 돌아왔다. 더불어 위장의 맥도 허덕이지 않았다.

장침을 뽑았다. 첫 자리는 기해혈이었다. 기의 바다 기해혈에서 기혈의 수위를 한껏 낮춰놓았다.

—기혈 수술.

윤도가 집도를 시작했다. 양방에 비해 편리했다. 양방은 수술에 있어 출혈에 대비한 혈액을 준비해야 한다. 만약 양방도 피를 멈추게 한 후에 수술을 하고 다시 혈액순환을 시키면 어떨까? 수술도 편하고 환자의 대미지, 감염, 부작용의 우려도 줄어들 것이다.

한방은 가능했다. 윤도이기에 그랬다. 기해혈에서 기의 수위를 낮추자 오장이 얌전해졌다.

그 틈을 타서 비장의 영기에 섞인 밤낮 기능을 분리했다. 그걸 위장의 위기로 밀어 넣었다. 치환된 기혈이 자리를 잡도록 기다렸다.

‘오케이.’

맥으로 안정을 확인한 후에 기해혈의 통로를 열었다. 수위 조절이 관건이었다. 오장이 놀라지 않도록, 치환된 영기와 위기에 방해가 되지 않도록 조절해야 했다. 한 시간 가까운 사투 끝에야 기혈의 조화가 끝났다. 영기와 위기가 제자리를 찾은 것이다.

마무리는 합곡과 삼음교였다. 두 개의 장침으로 몸 안의 찌꺼기와 잉여물을 밀어냈다.

한은지 겨드랑이에서 땀이 나오기 시작했다. 사타구니에서도 그랬다.

계와 곡에서 배어나오는 땀은 차라리 홍수였다. 계는 살이 조금 만나는 곳이고 곡은 많이 만나는 곳이다. 침대 매트를 다 적시고 바닥까지 흐를 정도였다. 냄새도 좋지 않았다.

사기(邪氣)가 섞인 땀이기에 그랬다.

한 시간.

더는 나올 땀이 없자 윤도가 발침을 했다.

"몸이 어때?"

윤도가 물었다.

"찜질방 고온방에 들어갔다 나온 기분이에요!"

한은지가 소리쳤다. 목소리처럼 몸도 가벼워 보였다.

"살이 아프고 힘이 없던 건?"

"괜찮아요."

몸을 움직여 본 한은지가 대답했다. 영기(營氣)는 이상 무였다.

"그럼 몸무게 재봐야지."

윤도가 한은지의 등을 밀었다. 그녀가 날렵하게 저울로 올라갔다.

"어머!"

한 번 더 자지러지는 한은지였다. 저울은 정확하게 52㎏을 가리키고 있었다.

"선생님!"

한은지가 그 자리에 주저앉았다. 그녀 자신도 믿을 수 없는 일이 일어난 것이다.

"앞으로 석 달은 날마다 만보계에 만 보를 찍도록. 그 후로는 절반으로 줄여도 될 거야."

"선생님……."

"자신감 생긴 김에 그때 그 남학생에게 고백하러 가도 좋고."

"갈 거예요. 하지만 고백은 안 하고요, 제 몸만 보여줄 거예요. 다시는 비웃지 못하게요."

한은지는 전신 거울 앞에서 눈을 떼지 못했다. 그 안에서 온갖 포즈를 취하는 건 자신만만한 공주였다. 고도비만이라는 악몽을 뚫고 나온 공주. 그 안에서 날씬한 몸매의 여학생이 한은지를 보고 웃고 있었다.

살.

많아도 탈이고 적어도 탈이다. 살은 비장이 담당자다. 잣,

보리, 우유, 닭, 양고기, 부추 등을 많이 바치면 살이 찐다. 차, 붉은 팥, 다시마 등을 몸에 상납하면 빠진다. 가장 중요한 건 규칙적인 식사와 운동이다. 비장이 좋아한다. 쉽지만 어려운 일이다.

5. 총명침과 유구조충

[선생님, 학교가 다시 즐거워졌어요.]

[저 열심히 공부해서 한의대 가려고요. 내신 많이 까먹었지만 수능으로 승부 보려고 해요. 많이 응원해 주세요.]

비 오는 날, 한은지의 문자를 받았다. 첨부된 사진의 표정이 밝았다. 옆에 있는 남학생은 마트에서 만났다던 그 학생이었다. 살 빠진 몸매만 보여준다더니 마음까지 보여준 모양이다.

[오케이, 나중에 한의대 선배와 후배로 만나자.]

문자로 격려했다.

'다음에 오면 총명침 좀 놔줘야겠군.'

혼자 웃었다. 이런 친구라면 뭐든 도움이 되고 싶은 윤도였다.

"원장님, 환자분 오셨습니다."

승주에게서 인터폰이 들어왔다. 오늘의 마지막 환자는 초등학생. 하지만 매우 특별한 학생이었다. 대기실로 가니 두 여자가 보였다. 74세의 할머니와 40대 후반의 딸이다.

"이리 오시죠."

윤도가 직접 할머니를 맞이했다. 오늘의 초등학생은 74세의 노덕순 할머니였다.

할머니는 성수혁 기자의 소개로 왔다. 더 자세히 말하자면 성수혁이 모시던 선배 언론인 곽규태의 장모였다. 곽규태는 지금 배달일보의 편집국장으로 재직 중이다.

어떻게 보면 뇌물성 진료였다. 사연이 있었다.

이제 침술 특화 한의대학에 본격 공론이 붙었다. 많은 사람들이 윤도를 지지하지만 그렇다고 모든 사람이 그런 것은 아니었다.

사회 집단도 그랬다. 대한민국의 대표 병원 SS병원과 S병원,

JJ병원까지도 공감을 해주었다. 그러나 각론으로 들어가면 달랐다.

—특혜다.

—한의사 포화 심각.

—기존의 한의대에 침술 교육을 강화하면 될 일.

세 가지 반론이 폭풍 대두 되었다. 정부에서 의대나 한의대 정원을 강력하게 통제한 까닭이다. 사실 많은 대학들이 틈만 나면 의대를 신설하려고 했다. 정치권을 내세워 압박하는 경우도 많았다. 이런 사연은 교육부 차관, 복지부 담당 국장 등을 통해 알게 되었다.

한의대는 의대보다는 조금 나았다. 그러나 같은 선상에서 보면 한의대 신설을 허락해 주면 의대 증원이나 신설 압력까지 들어온다는 것이다.

한방과 양방, 양대 집단의 호의를 얻어냈지만 그건 한의대 신설과는 다른 이야기였다.

언론도 그랬다. 성수혁이 포진한 TBS 같은 곳은 윤도를 지지했다.

윤도가 보여준 침술의 가능성 때문이다. 대승적으로 생각할 사안이라고 판단한 것이다. 하지만 다른 언론들의 입장은 또 달랐다. 그중에서도 배달일보의 딴죽이 가장 심했다.

배달일보 편집국장 곽규태.

사연은 성수혁이 알려주었다. 그는 한방에 나쁜 선입견이 있었다.

그의 선친이 침술 사고로 불구가 되면서 유명을 달리하고 만 것. 그는 사실 의대 출신이었다. 의대 졸업 후에 수련의 과정을 거치지 않고 언론사 의학 전문 기자로 자리를 잡았다. 원래 판단력과 분석력까지 우수해 배달일보로 옮겨간 후 편집국장 자리까지 꿰차게 되었다.

그런 까닭에 한방의 단점에 대해 가차가 없었다. 한방 의료 사고를 대서특필하는 것도 그의 성향이었다. 따라서 윤도에 대한 평가도 인색했다.

아무리 명침이라고 해도 현대 의학을 넘볼 수 없다는 게 그의 지론. 그렇기에 침술 특화 한의대는 명백한 특혜라는 주장이었다.

벌써 세 번이나 흠집 기사가 나왔다. 유수한 언론사의 반론은 인허가 부처에 부담이 되었다. 그걸 감지한 윤도가 성수혁과 저녁 식사를 하다가 만든 기회였다.

곽규태의 장모 노덕순.

까막눈이었다. 광복 직전 떠돌이 상인의 딸로 태어났지만 가난했다.

그녀는 오빠들의 치다꺼리를 위해 희생되었다. 평생을 시장 상인으로 살았다. 다행히 상술이 좋아 돈을 많이 모았다. 덕분에 외동딸 하나는 원 없이 공부를 시켰다. 그 딸이 곽규태와 결혼했다.

의사 출신 신문기자. 만만한 직업이 아니다. 대한민국을 대표하는 상류층인 것이다. 그러나 그도 남자였다. 아내가 갱년기가 되면서 잔소리에 무너졌다. 장모의 초등학교 입학도 그중 하나였다.

"우리 엄마 초등학교 입학하신대."

아내가 첫마디를 꺼냈을 때 곽규태는 농담인 줄 알았다. 하지만 농담이 아니었다.

가까운 아파트에서 혼자 사는 장모가 기어이 초등학교 입학을 강행한 것이다.

"헐, 그 나이에 무슨 초등학교? 글 읽는 게 소원이면 한글이나 배우시면 되지."

그렇게 말했다가 본전도 못 찾았다.

"당신, 언론을 선도한다는 사람이 왜 그래? 늙으면 학교도 못 가? 우리 엄마가 큰 결심을 했는데 격려는 못해줄망정."

아내는 핏대 한 번으로 1승을 올렸다. 그길로 부부 사이는 냉전이 되고 말았다.

답답해진 곽규태가 성수혁을 만났다. 전에 있던 TBS에서 그 자신이 데리고 키운 기자. 이제는 다른 직장에 있기에 더욱 허물이 없는 사이였다.

"내 말이 틀려? 노인네가 망령이 났지. 이제 와서 무슨 초등학교? 치매 오 분 전이라서 가방도 놓고 가고 금방 들은 말도 잊어버리는 중증 건망증인데……."

곽규태의 불만 속에 윤도의 길이 있었다. 성수혁은 그 틈을 파고들었다.

한방에서 회자되는 총명탕을 떠올린 것이다.

"사모님과 화해하고 점수 따는 방법 알려 드려요?"

"그런 게 있겠어?"

"채윤도 한의사, 그라면 답이 될 겁니다."

"성 차장 미쳤어? 나 한의사를 병맛으로 보는 거 몰라?"

"알지만 대세입니다. 노벨의학상 후보인 거 모르세요?"

"그거야 어쩌다 운이 좋아 동양 사상에 심취한 앤드류를 만나 그런 거고. 게다가 후보에 회자된다고 다 노벨상 타?"

"그럼 이렇게 하시죠. 제가 다리를 놓을 테니 장모님을 채 선생에게 보내십시오. 그리고 만약 장모님 머리가 좋아지면 채윤도 선생 좀 밀어주세요."

"이봐, 지금 장난해? 우리 장모가 내일 모레면 80이야. 뇌의 노화에 대해 잘 모르나 본데……."

"말 잘라서 죄송하지만 채윤도는 됩니다."

"……?"

"제가 지면 술 한잔 거하게 사죠. 참고로 저 채윤도에게 얻어먹는 거 없습니다. 콜?"

"채윤도에게 그런 케이스도 있어? 노인네들 머리 좋게 만든?"

"있죠."

성수혁이 한마디로 답했다. 초등학생부터 중고등학생까지 총명침을 놓아준 윤도였다.

"좋아, 콜!"

곽규태가 떡밥을 물었다. 마땅치는 않았지만 밑질 것도 없었다. 만약 총명침 따위가 허구라면 윤도의 비판 기사에도 도움이 되기 때문이다.

"콜!"

윤도도 성수혁의 콜을 받았다. 골칫거리로 등장한 반대파 곽규태. 그의 마음을 돌리면 침술 특화 한의대의 설립 장애물이 사라진다.

노덕순.

문제의 할머니 초등학생이 윤도 앞에 앉아 있다. 보호자는 딸이자 곽규태의 아내였다.

"원장님."

딸이 조용히 입을 열었다.

"말씀하세요."

"우리 엄마, 정말 침 맞으면 기억력이 좋아질까요?"

"좋아지도록 해봐야죠."

"실은 우리 그이랑 내기를 했거든요."

"내기요?"

"우리 그이가 의사에요. 병원 일은 안 하지만 헛수고라며 그 돈으로 엄마 맛있는 거나 사 드리라고 하더군요."

"어머니 생각은 어떠세요?"

윤도는 이들 관계에 대해 시치미를 뗀 채 '초등학생'을 바라보았다.

"용한 침쟁이면 가능하지."

할머니가 웃었다.

"그렇죠?"

"그럼. 옛날에 우리 읍내에 살던 침쟁이는 바보도 고쳤거든. 요즘 침쟁이들이 솜씨가 없어서 그렇지."

"다 그런 건 아니에요."

"아니긴 뭐가 아니야? 침쟁이들이 죄다 요만한 침이나 찔러대고."

"침 크다고 효과까지 좋은 건 아니거든요."

"그래도 그렇지. 그때 그 침쟁이 침은 말이지……."

"이만했어요?"

윤도가 장침을 내밀었다.

"응? 젊은 선상님도 그런 침놓을 줄 알아?"

"원하시면 이것도 놓을 수 있지요."

이번에는 망침을 들어 보였다.

"아서. 젊은 사람이 괜한 허세 부리면 못써. 침이라는 게 목화솜 이불 찌르듯 그냥 찌른다고 되는 게… 응?"

말을 하던 할머니의 시선이 손등에서 멈췄다. 거기 들어간 망침 때문이다.

침은 후계혈에서 소부혈, 노궁혈을 지나 합곡혈을 찔렀다. 순식간의 일침사혈이었다.

"손마디 움직임이 뻑뻑해 보여서요. 이제 곧 괜찮아질 겁니다."

후계혈에서 기혈을 끌어 내렸다. 어깨를 지나며 허덕이던 기를 손가락 끝까지 끌어왔다.

"손가락 움직여 보세요."

발침을 하며 말했다.

"움메, 손마디에 참지름을 바른 것맨치로 부드럽네?"

"허세는 아니죠?"

"아이고, 이 양반이 진짜 명의구만. 옛날 우리 읍내 한의사 선상보다 낫네그랴."

할머니의 기선은 이렇게 제압했다. 늙으나 젊으나 직접 겪어야 공감하기는 다르지 않았다.

"할머니."

침대에 눕히고 할머니를 바라보았다.

"왜?"

"아픈 데 많죠?"

"말도 마. 삭신이 다 아파. 안 아픈 데가 없어."

할머니가 장단을 맞추고 나왔다.

"하나씩 말해보세요."

"등때기. 아주 화끈거려서 미치겠어. 누가 뜨거운 물을 붓는 거 같다니까."

등의 작열감. 등 따뜻한 거야 나쁠 게 없지만 늙어서 느끼는 화끈함은 독맥의 부조화 때문이다. 기혈이 순탄하게 움직이지 못하고 체증을 이루다 뚫리곤 하므로 작열감이 나오는 것.

"이제 괜찮죠?"

독맥의 혈자리를 찔러 체증을 뚫어주었다.

"워메, 아주 시원해졌네?"

"또 어디 아프세요?"

"밥통. 이것이 심심하면 쓰려."

위수혈에도 장침을 넣었다.

"또 어디요?"

"무르팍. 여기 무슨 바늘이 들었는지……."

무릎 관절염 혈자리도 돌봐주었다.

"아이고, 용하네. 내가 늘그막에 복 터졌지. 이런 침쟁이를 만나다니……."

할머니는 무릎을 치며 좋아했다.

"그럼 이제 총명침으로 갈까요?"

"그거 맞으면 머리도 좋아지나?"

"젊을 때처럼 팽팽 돌지는 않고요, 기억력은 좀 좋아질 거예요."

"아이고, 그러면 됐지 뭘 더 바래? 내가 준비물을 자꾸 잊거든. 그리고 친구들 이름… 그놈의 이름이 왜 이렇게 안 외워지는지 몰라. 준식이를 영식이라고 하고 정미를 영미라고도 하고… 아, 영미는 우리 선상님 이름인데? 서영미."

"이거 한번 읽어보세요."

윤도가 나무 이름 단어장을 들어 보였다. 사과나무, 탱자나무, 배나무, 오동나무 등 10개의 나무 이름이 적힌 종이였다. 할머니는 띄엄띄엄 단어를 읽었다.

"이제 생각나는 대로 말해보세요."

단어장을 감추고 물었다.

"사과나무, 배나무, 그리고… 그리고 뭐지? 꿀암나무? 감나무?"

할머니가 맞힌 건 고작 두 개였다. 알고 맞힌 건지 워낙 많이 들은 거라 맞힌 건지도 알 수 없었다.

"자, 그럼 총명침 시작해 볼까요? 잘되면 100점도 맞을 수 있을 겁니다."

"그럼 좋지. 선상님이 나 100점 맞으면 선물 준다고 했는디. 그런데 우리 꼬맹이들이 머리가 너무 좋아. 나는 받아쓰기하면 반도 못 맞히는데 갸들은 기본이 80점이라니까."

할머니가 울상을 지었다.

초등 1학년의 기억력.

한번 들으면 기억한다. 그들의 머리는 새하얀 도화지다. 뭐든지 새겨놓는다. 반면 할머니의 머리에는 여백이 별로 없다. 뭔가를 새겨놓아도 수많은 기억 속에서 길을 잃는다. 그 기억 디스크와 파일들을 정리해야 했다. 74년 동안 한 번도 하지 않은 디스크 정리. 흰 여백을 최대한 확보하여 새로 들어간 기억을 잘 보이게 하는 디스크 정리. 그게 바로 윤도의 총명침이었다.

'머릿속 안개를 밀어내고 청명하게.'

장침이 혈자리를 노리기 시작했다. 총명침도 여러 가지가 조합이 있다. 많이 쓰는 백회혈과 총명혈은 기억력의 감퇴를 막고 머리가 맑아지게 한다. 막힌 것을 뚫고 머리를 맑게 하는 조합도 여럿이다.

백회혈+은백혈.

백회혈+수구혈.

수구혈+풍부혈.

수구혈+합곡혈.

수구혈+회음혈.

인당혈+상완혈.

내관혈+재정혈.

용천혈+족삼리혈.

이 밖에 오관을 열어 총명을 일깨우는 혈도 존재한다. 예풍혈에 청회혈, 천보혈에 사독혈, 영향혈에 합곡혈…….

혈자리는 사람에 따라, 상황에 따라 선택하면 될 일이다.

할머니의 반응 혈은 백회혈과 총명혈이었다. 장침이 들어갔다. 더불어 음맥과 양맥의 기혈을 시원하게 순환시켜 주었다. 기억력도 결국은 기혈의 순환이다.

기혈 순환이 좋다면 오장육부부터 머리까지 좋아지지 않을 일이 없다.

"머리 어때요?"

30분이 지나 발침하며 물었다.

"샘물이 들어온 거맨치로 시원해."

"그럼 이거 한 번 더 해볼까요? 일단 소리 내서 읽어보세요."

윤도가 나무 이름표를 내밀었다.

"사과나무, 탱자나무, 오동나무, 배롱나무, 화살나무……."

"물 한 잔 드시고요."

물을 마시게 한 후 나무 이름을 물었다. 할머니는 열 개 중에 무려 여덟 개를 맞혔다.

이 정도라면 기억력이 새록거리는 동기(?)들과 겨룰 만해 보였다.

"이제 1등 하실 수 있을 거 같아요?"

"해야지. 손주 같은 것들에게 질 줄 알아? 우리 곽 서방 코도 뭉개줘야 하고."

할머니가 투지를 불태웠다.

"곽 서방이면 사위분이요?"

"그럼. 우리 딸이 그러는데 내가 학교 간다고 하니까 은근히 무시했다고 하더라고. 머리가 나빠서 안 될 거라나. 사람을 뭐로 알고."

"어, 저랑 반대로 알고 계시네?"

"응? 반대?"

"실은 할머니 치료 부탁한 사람이 곽규태 씨예요. 할머니 사위분."

"우리 곽 서방이?"

"예약이 꽉 밀려서 곤란한데 통사정을 하더라고요. 할머니가 때늦게 공부를 시작했는데 힘든 거 같으니까 머리 좀 좋게 만들어달라고요. 원래는 총명하신 분이었다고."

"참말이야?"

"당연하죠. 머리부터 발끝까지 쫙 부탁하셨어요. 그래서 특별히 침 많이 놔드린 겁니다."

"그래?"

할머니가 갑자기 심각해졌다. 잔뜩 벼르던 차였는데 상황이 바뀐 것이다.

"하긴 우리 곽 서방이 좀 촌스레긴 하지."

"촌스레요?"

"아니야? 그 뭣이냐 텔레비전에 자주 나오는 말이라던데? 촌스레, 촌스레."

"츤데레요?"

"아, 맞다, 츤데레. 무뚝뚝한 거 같지만 정 깊은 사람. 우리 곽 서방이 그래."

할머니가 손뼉을 치며 웃었다.

가는 길에 가미소요산을 적량 처방해 주었다. 유명한 약이다.

저 유명한 정조대왕도 최후의 순간까지 드셨다. 먹으면 대붕이 되어 하늘을 난다. 천지에 날개를 치는 듯 마음이 상쾌해지는 처방이다.

그날 저녁 윤도는 곽규태의 전화를 받았다.

―채윤도 원장님?

"그렇습니다만?"

—저 배달일보 곽규태라고 합니다.

"아, 예."

—고맙습니다.

거두절미하고 나온 한마디였다. 짧지만 윤도를 인정하는 뉘앙스가 담겼다.

그 증명은 이틀 후에 지면으로 나왔다. 사회면에 시원한 박스 기사로 침술 특화 대학에 대한 장단점을 심층 보도 해준 것이다. 전과 달리 호의적이었다.

'침술 특화 한의대' 필요.

행간에 숨겨진 의미였다.

"고맙습니다."

윤도는 성수혁에게 고마움을 전했다. 전화를 끊기 무섭게 방문객이 찾아왔다. 노덕순 할머니였다.

"어, 오늘은 안 오셔도 되는데?"

윤도가 고개를 들자 할머니가 시험지를 내밀었다.

늦깎이 '초등학생'에게 변화가 왔다.

"나 오늘 받아쓰기 100점 맞았어라!"

100점.

받아쓰기가 100점이니 윤도의 총명침도 100점이었다.

"그거 자랑하러 오셨어요?"

"아니!"

할머니가 고개를 세차게 내저었다.

응?

아니라고?

"채 선상, 나가 부탁이 있는디."

할머니가 윤도의 손을 잡았다.

"말씀하세요."

"나가 나 마음대로 친구를 데려와 부렀어."

"……?"

"초등학교 친구는 아니고 내 이웃 친구인데 건강이 많이 안 좋은 데다 돈도 없어. 자식 놈이 둘이나 있는데 한 푼도 안 도와주거든."

"예……."

"용한 침쟁이를 모르면 모를까 내가 직접 경험하고 보니 친구 생각이 나잖아. 이 친구가 굉장히 많이 아파서 운신도 잘 못하거든."

"예……."

"그러니까… 거시기 그 뭣이냐, 돈은 내가 낼 테니까 침 좀 놔주면 안 될까?"

할머니가 낡은 봉투를 내밀었다. 안에는 50만 원이 들어 있었다.

"할머니……."

"알아. 동사무소 사회복지사 찾아가서 말하라고? 동네 병원도 가봤고 보건소도 가봤어. 다들 큰 병원 가라는데 이 할망구가 근근이 먹고사는 몸이라 큰 병원 갈 형편이 안 돼. 입원해도 간병해 줄 사람도 없고."

초등학생 할머니.

친구를 달고 왔다. 큰 고민을 해결해 준 분, 흔쾌히 친구를 받아주었다.

진맥은 안미란이 잡았다. 윤도가 다른 환자의 고질병 좌골신경통 시침을 끝내자 안미란이 들어왔다.

"어때요?"

윤도가 물었다.

"좀 심각한데 그냥 돌려보낼까요?"

"얼마나 심각해요?"

"건선이 장난 아니에요. 게다가 뇌가 이상하고요. 뇌암 전조 증상 같기도 해요."

"뇌암이라고요?"

"건선도 굉장히 심해요. 동네 피부과 전전하며 약 먹고 연고 발랐나 본데 스테로이드 약재 부작용도 상당한 거 같아요."

"그렇게 심해요?"

"이 할머니 말을 들으니 치료를 받다 말다… 요즘은 건선

가려움증에 두통에 잠도 제대로 못 잔다고 하네요."

"모시고 오세요."

"네."

"아, 지금 안 바쁘죠? 이 할머니 시침 같이 해볼까요?"

"네."

안미란은 만면에 미소를 띠며 나갔다. 윤도와의 협침이라면 밤을 새워도 좋은 그녀였다.

노덕순 할머니의 친구 이름은 장덕순이었다. 이름이 같은 사람, 만나기 어렵다. 어쩌면 둘은 이름 때문에 친해졌을지도 모른다.

"안녕하세유?"

장덕순 할머니가 허리를 숙였다. 부어오른 살에 늘어진 실핏줄. 척 봐도 건강이 엉망이었다.

"노덕순 할머니 친구라고요?"

"예."

"차트 보니까 건선이 심하네요. 머리도 불편하죠?"

"예."

"어떻게 불편하세요?"

"그냥 머리 아프고 속도 안 좋고… 그냥 사는 게 다 귀찮은데 저놈의 노덕순이가 끌고 오는 바람에……."

"오시길 잘하셨어요. 노화 때문에 몸도 불편한데 아픈 데라도 없어야죠."

"그게… 병원도 많이 다녀봤어요. 하지만 쉽게 낫는 게 아니라서……."

"아, 그런 말 말아. 이 선상님이 내 머리도 고쳤다니까. 이 시험지 안 보이냐?"

보호자로 온 노덕순이 100점 맞은 시험지를 흔들어댔다.

"아휴, 괜한 수고 말아. 난 살날이 얼마 안 남았어. 조금 아프다 죽으면 자식새끼들 돕는 거지."

"아, 또 그 소리야?"

"이 병은 죽었다 깨어나도 못 고친다니까."

장덕순 할머니의 목소리가 점점 가라앉았다.

진료대에 눕히고 팔을 걷었다. 몸이 아니라 건선의 바다였다. 목부터 가슴을 지나 다리까지 내려가고 있었다.

'이러고도 참았다니.'

자식들은 다 뭘 할까? 둘이나 있다면서. 공연히 콧등이 시큰해졌다. 하긴 늙으면 고생이다. 웬만하면 늙어서 그러려니 하고 참아버린다.

병원에서도 진단이 아리송하면 늙어서 그렇다는 핑계를 댄다. 그러니 진통제 몇 알 먹거나 영양 수액 한 병 맞으면 끝이다.

갈매도에서 어르신들을 대해봐서 잘 알고 있다. 윤도가 신침이 되기 전에 그 사람들도 그랬다.

그런데 어르신들이라고 아픈 걸 당연시하는 건 아니었다. 누가 무슨 약 먹고 좋아졌다고 하면 거기로 우르르 몰려간다. 그게 증거였다.

그 기저에는 한의사나 의사에 대한 불신이 무겁게 깔려 있는지도 모른다.

늙은 환자.

이래저래 적극적인 치료를 하지 않는 경우가 많은 게 현실이었다.

나이 먹어서 그래요.

늙으면 다 그래요.

그 두 마디가 어르신들의 기를 죽인다.

"……!"

진맥을 하던 윤도의 고개가 갸웃 돌아갔다. 맥은 느렸다. 건선 환자면서 맥이 느리면 기초대사가 저하되었다는 증거이다.

일상이 피로하고 무기력하므로 허증이다. 머리 쪽 맥은 더 좋지 않았다. 음산하면서도 무거웠다. 다행히 암은 아닌 것 같았다.

머리.

암이 아니어도 치명적인 질환이 한두 개가 아니었다. 중요한 부위이기에 장침을 뽑았다. 간단하게 전중혈과 대릉혈에 넣었다.

화침이다. 두 혈은 윤도가 치료혈을 찾거나 오장의 뒤틀린 기를 잡아낼 때 쓰는 명혈이다.

'응?'

그럼에도 불구하고 고개를 갸웃거리는 윤도. 뭔가 있는데 제대로 잡히지 않았다.

뇌경색, 뇌졸중, 뇌종양, 파킨슨병, 뇌성마비…….

뇌에 생기는 질환은 수십 종. 그중에서 대표적인 것들을 하나씩 짚어보았다.

모두 답이 아니었다. 침감을 세밀하게 조절했다. 신중을 기해 디테일하게 분석하는 것이다. 손에 걸려오는 건 분명 사기였다. 그러나 기혈의 사기는 아닌 사기. 그럼에도 이렇게 사납게 반응하는 이것은?

10분.

윤도는 포기하지 않았다. 안미란은 윤도에게서 눈을 떼지 못했다. 암이라고 해도 척척 찾아내던 윤도가 헤매고 있는 까닭이다.

"……?"

한참을 집중하던 윤도가 작은 단서를 잡아냈다. 염증이었다. 뇌의 염증이라면 뇌염. 그러나 여느 뇌염과는 또 갈래가 달랐다.

'뭐지?'

장침 하나가 관원혈로 들어갔다. 소장이 목적이다. 할머니 뇌의 사기는 소장과 연관이 있었다. 같은 느낌의 사나움이었다. 그 침감을 추격해 머리까지 올라갔다.

'윽.'

집중하던 윤도가 짧은 몸서리를 쳤다. 뇌염의 정체를 알았다. 뇌 안에 다른 생명체가 들어 있는 것이다.

충(蟲)!

기생충의 침범이었다.

한방에서는 기생충을 삼시충과 구충, 오장충 등으로 나눈다. 뇌에 질환을 일으키는 건 삼시충이다. 이 삼시충은 형체가 없지만 도력이 높으면 볼 수 있다. 색은 푸르고 두통을 일으키거나 눈을 어둡게 만든다. 하지만 할머니의 충은 삼시충과는 달랐다.

"안 선생님."

윤도가 진료대에서 일어섰다.

"네?"

"진맥 다시 보세요."

"제가요?"

"좀 희귀한 케이스 같네요."

'희귀?'

안미란이 자리를 교대해 앉았다. 진맥을 잡았다. 뇌의 이상은 느껴지지만 더는 알 수 없었다. 윤도처럼 전중혈과 대릉혈을 찔러 오장의 사기를 추적하는 건 아직 능숙하지 않은 까닭이다.

"힌트 드려요?"

"네."

"할머니, 육회 드신 적 있죠?"

윤도가 할머니를 바라보았다.

"예? 예……."

"그것도 돼지고기 육회요."

"제가 육회를 좋아해요. 그런데 소고기가 비싸서 가끔 돼지고기 육회를……."

"이제 힌트가 되겠어요?"

윤도의 시선이 안미란에게 돌아갔다.

육회.

그것도 돼지고기.

그래도 감이 오지 않았다. 돼지고기와 뇌 질환?

"충(蟲) 쪽이에요."

"아!"

마지막 힌트에서 안미란이 격하게 반응했다.

기생충에 돼지고기, 생식을 엮으니 질환이 떠올랐다. 갈고리촌충으로 불리는 유구조충이었다. 비슷한 조충으로 무구조충이 있다.

고작 기생충 따위가?

이렇게 생각할 수도 있다. 구충제를 먹은 사람이라면 더욱 그렇다. 하지만 일반적인 구충제로는 유구조충, 무구조충을 잡지 못한다.

유구조충은 주로 돼지의 몸에 산다. 돼지고기를 덜 익히거나 생식을 하면 감염될 수 있다. 오염된 물을 통해서도 감염이 가능하다.

감염 과정은 소장 내에서 일어난다. 충란 속에 있던 유충이 소화액의 도움으로 탈각해 혈액으로 침입하면서 시작된다. 유충에게 혈액은 철도와 같다. 혈액을 따라 인체의 어느 부위라도 옮겨갈 수 있다.

대다수는 피하조직에서 검출되지만 간, 심장, 뇌, 척수 등의 주요 장기의 감염도 가능하다. 이때의 병증은 신체 마비, 발작, 실명, 혼수상태 등을 유발한다.

유충은 조직에서 약 2개월이면 완전한 낭미충이 된다. 성장하는 동안 주위에는 염증 반응과 육아종이 생긴다. 무엇보다 골칫덩어리인 건 섬유조직이 낭미충을 둘러싸면서 장기간 잠복이 가능하다는 사실. 놀랍게도 인체 조직에서 5~10년 정도 생존할 수 있다.

무엇보다 심각한 건 낭미충이다.

유구조충이 뇌에 침입하면 낭미충이 번지게 된다. 낭미충은 살아 있을 때도 무섭지만 죽어도 무섭다. 낭미충이 죽으면 석회화 상태로 남게 되는데 충 안에는 독소와 항원성 물질이 존재한다. 이 물질이 녹아서 나오게 되면 뇌세포에 치명적인 염증을 일으킨다. 잘 자란 낭미충은 보통 1~2㎝에 달하는 까닭이다.

가장 흔한 증상이 간질 발작이다. 그 외에 두통, 시각장애, 감각 이상, 운동장애, 정신 질환의 증상 등이 있을 수 있다. 심하면 자살을 유발시키기도 한다.

뇌실의 낭미충은 직경이 5㎝까지도 이른다. 뇌 안에서도 뇌실에 있는 낭미충이 뇌실질 내의 낭미충보다 치료가 더 수월한 편으로 알려져 있다.

유구조충.

안미란은 현기증이 일었다. 진맥으로 잡아내는 뇌 안의 낭미충. 그녀로서는 상상도 못한 결과였다.

채윤도.

어떤 치료를 택할까? 양방이라면 외과적 적출이 필요한 경우였다. 윤도의 첫 침은 손목 위의 피하였다. 장침이 아니라 피침이었다. 그걸 찌르고 볼록한 부분을 누르자 희멀건 물체가 밀려 나왔다.

"……?"

안미란의 눈이 휘둥그레졌다. 유구조충의 낭미충이었다.

"할머니."

윤도가 환자를 불렀다.

"응?"

"할머니 몸에 이런 기생충이 생겼어요. 이게 돼지고기를 생으로 먹으면 생길 수 있는 유구조충이라는 거거든요."

"응……."

"이게 머리에 들어갔어요. 그래서 머리가 아팠던 거예요. 피부하고 머리하고 같이 치료해야겠네요."

"응……."

할머니가 대답했다. 낭미충을 내려놓고 치료에 돌입했다. 시작은 안미란이었다. 그녀가 할머니의 사관혈을 열었다.

"면역침도 놓으세요. 신수혈과 명문혈만 빼시고."

윤도가 환자에게 알맞은 혈자리를 일러주었다. 안미란은 차분하게 면역 강화 침을 찔렀다. 합곡혈을 시작으로 상거허와 족삼리, 태충혈, 삼음교, 곡지, 대추혈까지였다.

땡!

타이머가 울었다.

"견정혈, 폐수혈에 약침."

지시가 이어졌다. 안미란의 장침이 두 혈자리로 들어갔다. 조금 긴장했지만 무리 없는 시침이었다. 안미란의 침술도 많이 발전되어 있었다. 풍부혈 등의 고난도 혈자리만 빼면 대부분 척척이다.

"지양혈, 신도혈, 신문혈, 노궁혈."

이번에는 청열 작용과 소양증을 잡기 위한 시침이다. 안미란의 시침은 거기까지였다. 자리를 이어받은 윤도가 장침을 뽑아 들었다. 안미란이 남겨둔 신수혈과 명문혈이다. 거기에 하나를 더해 혈해혈을 찔렀다.

"아!"

할머니는 신음과 함께 다리를 꿈틀 움직였다. 아파서 그런 게 아니었다. 침감이 다리 전체로 뻗친 까닭이다.

안미란은 보았다. 그건 혈액순환의 진수였다. 건선의 피부는 건조하다.

그 해법을 위해 동원한 혈해혈. 이는 보혈과 순환을 촉진하는 것이니 피부에 생기가 돌기 시작했다. 뒤를 이어 신수혈과 폐수혈의 원기를 끌어올렸다. 조금 심하다 싶은 건선 부위는 주변 혈자리를 함께 도모했다.

건선.

고질이다.

가을이 오고 겨울이 오면 전성기에 이른다. 잠깐 잊더라도 소양증이 시작되면 참을 수 없다. 박박 긁고 싶다. 비늘이 휘날리고 피가 배어나도록 긁고 싶어진다.

"가려워."

침묵하던 할머니가 몸을 비틀었다.

"알아요. 많이 가려울 겁니다."

윤도의 시선은 여전히 장침 위에 있었다. 할머니는 몸을 꼬며 몸서리를 쳤다. 그러자 각질 일부가 먼지처럼 흘러내렸다. 윤도는 손끝에 남은 침감을 마저 풀었다. 그게 신호였다. 할머니를 괴롭히던 비늘이 옷을 벗듯 살에서 떨어져 나갔다.

"아이고, 시원해라."

할머니의 신음이 쾌재로 바뀌었다. 온몸 구석구석에 흉측한 지도를 그려놓았던 비늘은 남아 있지 않았다.

"아이고, 아이고!"

떨어진 비늘을 집어 든 할머니가 이를 드러내며 좋아했다. 그 얼굴 쪽으로 윤도가 다가섰다. 그 손에 들린 건 나노침이었다.

"이제 머리를 치료할 겁니다. 조금도 움직이지 마세요."

한의사로서의 지시가 떨어졌다.

뇌실.

나노침이 노리는 곳이다. 그 안에 낭미충이 있었다. 하나도 아니고 구석구석 많았다.

'후우!'

긴장의 숨은 안미란이 골랐다. 뇌로 들어가는 나노침. 그걸 보고 있자니 찌르는 윤도보다 더 긴장된 것이다.

사락!

첫 침이 들어갔다. 섬유조직 안의 낭미충이 목표였다. 손끝에 낭미충의 발악이 느껴졌다. 20여 나노침은 모두 백발백중이었다. 다만 마지막 것은 감이 좀 깊었다.

찌른 상태로 침을 감았다. 낭미충을 꺼내려는 것이다. 낭미충은 이빨 모양의 두절과 갈고리를 가지고 있다. 거기에 침을 넣어 뽑아내려는 것이다. 신침의 감각으로 내시경을 보듯 두절을 찾았다.

딸깍!

'걸렸다.'

오랜 노력 끝에 감이 왔다. 조심스레 나노침을 뽑았다. 흰 실 같은 것이 딸려 나왔다. 유구조충의 낭미충이다. 그대로 두면 독소와 항원 물질을 뿜어낼 일. 어떻게든 적출하는 게 옳았다. 윤도는 집중했다. 하나하나마다 심혈을 기울이지 않을 수 없었다.

"후우, 후우."

낭미충이 쌓여갈수록 윤도의 날숨도 쌓여갔다.

이제 나노침은 하나가 남았다. 그런데 이 낭미충은 다른 것과 좀 달랐다. 한 뼘 가까이 나왔음에도 끝이 보이지 않았다.

"원장님."

안미란이 긴장했다. 나노침을 잡은 채 윤도가 일어섰다. 흰 실은 1m가 넘음에도 끝이 아니었다. 특이하게도 낭미충이 아니라 성충이었다.

"도와줘요."

윤도가 SOS를 쳤다. 안미란이 줄 끝을 잡고 당겼다. 그 줄 또한 1m가 넘어도 끝나지 않았다.

뇌가 풀려서 딸려 나오는 걸까?

보조하던 승주는 두려움까지 들었다. 하지만 윤도의 시침이다. 의료사고 따위가 날 리 없었다. 윤도와 안미란이 두 번씩 교대하고서야 흰 줄의 끝이 나왔다.

"우와!"

유구조충의 길이는 무려 4m가 넘었다. 큰 것은 8~10m짜리도 있다는 유구조충. 이런 놈이 뇌실을 차지했으니 불상사가 일어나지 않은 것만 해도 다행이었다.

성충까지 뽑아내고 마무리에 들어갔다. 뇌실에 남아 있을 염증을 뿌리 뽑기 위해 수삼리혈과 양로혈을 찔렀다. 거기 남은 독소 찌꺼기와 기생충의 항원 물질 제거를 위해 합곡혈과 삼음교혈도 찔렀다.

보사를 위해 열어둔 혈문들이 바빠졌다. 그만큼 할머니의 안색은 좋아졌다. 흉측한 건선 비늘이 떨어지고 혈색이 좋아진 할머니. 뽀얀 새색시가 따로 없었다.

"워매, 아주 딴 사람이 되었어야."

치료가 끝난 후에 들어온 노덕순이 손뼉을 치며 좋아했다.

"고마워. 친구 덕분에 머리가 시원해. 몸도 시원하고."

장덕순 할머니는 좋아 어쩔 줄을 몰랐다.

"그라게 나가 뭐랬어? 진짜배기 침쟁이가 있다고 했잖어."

"그려그려. 고마워."

두 할머니는 서로 손을 잡은 채 정을 나누었다.

"이제 돼지고기는 생식하시면 안 돼요. 정 육회가 먹고 싶으시면 소고기로 드시고요. 거기도 무구조충이라는 게 있지만 돼지고기 조충보다는 덜 위험하거든요."

윤도가 주의 사항을 일러주었다.

"아이고, 대체 뭔 침은 놓은겨? 나도 뽀샤시해지게 저 침 좀 놔줘."

노덕순 할머니가 윤도를 팔을 흔들었다. 할머니들은 은근 샘이 많다.

"그러자면 이걸 할머니 머리에 넣어야 할 텐데요?"

윤도가 성충을 들어 보였다.

"그거이 뭔데?"

"기생충이요. 이게 장덕순 할머니 머릿속에 들어 있었거든요."

승주가 성충이 놓인 트레이를 들어 보였다.

"아이고, 싫어, 싫어. 그것이 내 머리 갉아 먹으면 나 다시 머리 나빠져."

노덕순 할머니는 손사래를 치며 머리를 감싸 안았다.

6. 대의치국(大醫治國)

노벨상 시즌이 돌아왔다. 기자들의 발걸음이 잦아졌다. 미국의 앤드류 때문이다. 그는 또다시 유력한 후보에 올랐다. 윤도와의 공동 연구 때문이다. 앤드류의 연구는 이미 결실을 맺고 있었다. 실험에 참가한 자궁경부암 환자들에게서 현저한 성과를 얻었다. 그 과정에는 윤도도 계속 참여하고 있었다. 덕분에 윤도 역시 세계 언론의 스포트라이트를 받았다.

한국인 최초의 본격 노벨상 수상자가 나올 것인가?

초미의 관심사가 아닐 수 없었다.

그러나 앤드류는 인유두종 바이러스 연구 말고도 다른 업적이 많았다. 노벨상 위원회에서 어떤 업적을 평가하느냐에 따라 윤도의 공동 수상은 나오지 않을 수도 있었다.

사실 윤도가 바라는 건 한의대의 인가였다. 그 조짐이 보이기 시작했다. 교육부의 내부 심사 과정을 무난하게 넘긴 것이다.

마지막 환자를 본 후 약작두를 잡았다. 일침한의원에는 약작두가 두 개 있었다. 하나는 진경태의 것이고 또 하나는 윤도의 것이다. 특별한 법제가 필요한 약재는 진경태가 썰었다. 때로는 윤도도 함께 썰었다. 약재가 잘릴 때마다 풍기는 알싸한 한약 냄새가 좋았다. 일종의 수련이기도 했다.

"이거 하면 꼭 장터가 생각난다니까요."

윤도가 말문을 열었다.

"저도 그렇습니다."

진경태가 답했다. 그의 손은 절단 로봇이다. 오직 감만으로도 같은 크기로 썰어낸다. 저 실력으로 방송 출연도 했다. 윤도가 초대된 프로그램이었다. 짧은 시간이지만 신기의 절단 실력을 뽐냈다. 진경태 또한 굉장한 인터넷 댓글 반응을 받았다.

—약재 절단 AI.

진경태의 별명이 하나 더 추가되었다.

"그때 아저씨를 못 만났으면 어떻게 되었을까요?"

"그럼 저는 한쪽 눈을 못 보고 있을지도 모르죠."

"갈매도에 들어올 때 기분 어땠어요? 젊은 놈이 헛소리한다고 생각하지 않았나요?"

"그거 지금 생각해도 제 인생 결단이었습니다. 거기 안 갔으면 원장님하고 인연을 맺기 힘들었을 겁니다."

"그럼 더 좋은 인연을 만났을지도 모르죠."

"하핫, 이보다 더요? 원장님 덕분에 제가 얼마나 유명해졌는지 모르십니까?"

"그게 왜 저 때문입니까? 아저씨 능력이죠."

"천만에요. 한약사 데려다 이렇게 대우해 주는 한의사 없습니다. 좋은 환경, 약재 전권… 제가 대한민국에서 제일 대우받는 한약사라고요."

"별말씀을……."

"게다가 아파트도 사주셨지, 보너스로 준 주식도 대박 나고… 어휴, 정말 이게 꿈인지 생신지 모르겠습니다."

"그렇게 좋으세요?"

"당연하죠. 남자는 자신을 알아주는 사람을 위해서 죽는다던데 제가 그런 심정입니다."

"흐음, 그건 좀 오버 같은데요?"

"오버든 말든 상관없습니다. 내쫓지만 않으면 여기서 뼈를 묻을 거니까요."

"바르는 탕약은 언제 나오죠?"

윤도가 장비를 돌아보았다.

"마지막 과정 들어갔으니 곧 타이머 울릴 겁니다. 류 사장님 확인 실험은 아직 결과 안 왔습니까?"

"아직까지는 문제가 없다고 하네요."

"으아, 잘하면 또 신약 한 건 올리겠군요. 세계 최초의 바르는 고혈압 치료제."

진경태가 고무될 때 윤도의 전화가 울렸다. 발신자는 김광요 국정원 차장보였다.

"어, 차장님, 웬일이세요?"

―지금 바쁘신가요?

"아니, 괜찮습니다."

―그럼 좀 뵈러 가도 될까요?

"어디 불편하신가요?"

―아닙니다. 뵙고 말씀드리죠.

전화가 끊겼다.

그는 오래지 않아 한의원에 도착했다. 박 과장과 둘이었다. 윤도가 원장실로 모셨다.

"저녁이 있는 시간을 방해해서 죄송합니다."

차를 받아 든 김광요가 말했다. 웃는 표정과는 달리 근육은 긴장 모드였다.

'뭔가 있군.'

윤도가 감을 잡았다.

"요즘도 바쁘시죠?"

"예, 좀……."

"올해 노벨상 어떻습니까? 수상 가능성이 높은 거 같던데."

"차장님도 그 말씀입니까?"

"국가의 영광 아닙니까? 우리나라가 아직 노벨의학상이 없으니……."

"노벨상은 중요하지만 상이 중요한 건 아니라고 봅니다."

"공감합니다. 하지만 노벨의학상이 연구 실적이나 질병 퇴치 쪽의 공헌이 아니라 의료인으로서의 의술과 인술에만 무게를 둔다면 마땅히 선생님이 받아야 합니다."

"칭찬이 마구 쏟아지는 걸 보니 저한테 부탁이 있으신 모양이군요?"

"어이쿠, 이거 제가 속을 다 보였군요?"

"말씀하시죠. 누가 아프십니까?"

"맞습니다. 그게 아니면 바쁘신 선생님께 청탁 같은 거 드리면 안 되죠."

"대통령님은 제가 뵈었고… 혹시 국정원장님?"

"좀 먼 데입니다."

'먼 데?'

"북한 쪽입니다."

'북한?'

김광요의 말에 윤도가 시선을 들었다.

"지금 남북 물밑 접촉이 계속되고 있지 않습니까? 하지만 그것도 서로의 원론적인 주장이 팽팽하다 보니 고착 상태입니다. 다만 지난번 외교장관 인선에서 선생님이 도와주신 관계로 새로운 라인을 짜서 밀담을 추진 중이었는데 북에서 돌연 특사 방북을 요청해 왔습니다."

"이제 결실을 보게 되는 건가요?"

"그건 우리 생각이고 저쪽은 다른 의도가 있는 거 같습니다."

"다른 의도라뇨?"

"우리가 통보한 새 특사에 대해서는 이견이 없는 모양인데 대표단에 선생님을 보내달라는 옵션이 들어 있습니다. 그것도 최대한 빠른 일정으로 말입니다."

"저를요?"

"이게 저희도 이해가 잘 안 가는 옵션입니다. 정보망을 가동해 봤는데 북한 지도자의 건강은 큰 문제가 없는 것으로 보이거든요. 정기 행사도 빠지지 않는 중이고 화면 분석으로도 건강 악화의 조짐은 보이지 않았습니다."

"……"

"한번 보시겠습니까?"

김광요가 말하자 박 과장이 노트북을 가동시켰다. 화면에 북한 지도자가 나왔다. 최신 화면이었다. 전방 부대를 시찰하고 산업 단지를 돌아보고 있었다. 얼굴 혈색이나 걸음걸이 등을 보아 건강은 그리 나빠 보이지 않았다.

기억을 과거로 옮겨갔다. 그때 그 주석궁. 진맥에서 살짝 이상 반응이 오기는 했다. 만약 악성 사기(邪氣)의 시작이었다면 암이 발생했을 수도 있었다. 그렇다고 해야 1기 정도에 머물 일. 그 정도는 북한의 의술로도 해결이 가능하다. 더구나 북한의 신의로 불리는 차평재를 살려놓고 온 윤도이다.

"진맥을 해봐야 알겠지만 화면상으로는 큰 병이 있는 것 같지는 않군요."

윤도가 소견을 밝혔다.

"그렇죠? 게다가 이 화면은 고작 사흘 전 것입니다. 중병이 있다면 이런 행사에 나올 리가 없지요."

"그럼?"

"저희도 궁금합니다. 혹시 그때 주석궁에서 선생님과 따로 특별한 말이 오가기라도 했습니까?"

"아닙니다."

"아무튼 뭔가 일이 있는 것은 분명합니다. 왜냐면 저들이 최대한 빠른 방북을 원하기 때문이죠. 오늘 당장 올라와도 좋다는 말이 나올 정도입니다. 거기에 선생님을 끼워달라니 백발백중 응급환자가 있다는 얘기가 아니겠습니까?"

"……."

"어쩌면 이번 특사 목적은 선생님의 방북일지도 모릅니다. 물론 그렇건 말건 우리는 남북 평화의 기회로 활용할 생각입니다만."

"……."

"죄송하지만 시간이 되시겠습니까?"

"보아하니 내일이라도 가야 하는 것 같군요."

"죄송합니다."

"가면 며칠이나 있어야 하나요?"

"대략 3~4일이면 될 것으로 봅니다."

"3~4일이라……."

"외교 장관께서 이 특사 파견을 진두지휘하고 계십니다. 해서 당신이 직접 오셔서 말씀드리겠다고 하는 걸 제가 왔습니다. 그분은 취임한 지 얼마 되지 않아 업무 파악만으로도 바쁘신 관계로……."

"별수 없군요. 이 또한 응급사태에 해당하는 것이니."

"고맙습니다."

"내일 하루 예약 진료 좀 당겨놓고 모레 가도 되겠습니까?"

"그렇게 맞춰보겠습니다. 진료 손실에 대해서는 지난번처럼 저희가 보전해 드리겠습니다."

김광요의 대우는 깍듯했다.

'북한.'

김광요가 돌아간 마당에 남아 하늘을 보았다. 차평재와 수란, 정길의 얼굴이 스쳐 갔다. 가만히 상황을 정리해 보았다.

윤도의 화급한 방북을 원한다.

지도자의 건강에는 큰 문제가 없는 것 같다.

그렇다면 차평재의 재발?

아니면 2인자나 3인자의 중병?

원장실로 와서도 상상은 꼬리를 물었다. 그때 윤도의 전화가 울었다. 박 과장이다.

"일정 잡았습니다. 모레 오전에 서울을 출발해 심양에 내리고, 거기서 바로 북한 비행기로 연결해 평양으로 들어가는 일정입니다."

"알겠습니다."

통화는 간단히 끝났다. 국정원, 번갯불에 콩을 볶고 있다. 그만큼 시간이 촉박하다는 의미이기도 하다.

중국 심양에서 평양.

중국을 생각하다 보니 또 하나의 기억이 따라붙었다. 심양에는 요녕중의약의학대학이 있다. 중국 명의순례 때 들렀던 곳 중 하나이다. 그러고 보니 명의순례도 이즈음이었다.

명의순례.

그 단어와 함께 안미란이 떠올랐다.

"원장님."

안미란이 가운을 두르며 원장실로 들어섰다. 아침 진료를 시작하기 전이다.

"좋은 아침이죠?"

"저만 좋은 아침이죠. 원장님은 어제도 늦게 들어가셨다면서요?"

"나야 뭐 일상이잖아요."

"저 시킬 일 있으면 좀 부려먹으세요. 팍팍 구르려고 여기 온 건데……."

"지금 정도면 충분히 구르고 있습니다."

"아니에요. 원장님 보면 저는 정말 멀었어요. 이래 가지고는 평생 수련해도 원장님 발끝에도 못 미칠 것 같아요."

"발끝이라뇨? 지금도 제 8~9할 몫은 됩니다. 종이 한 장 차이예요."

"위로 안 하셔도 돼요."

"아, 그건 그렇고, 전에 중국 명의순례 한번 가보고 싶다고 했죠?"

"네."

"진짜 한번 가볼래요?"

"말이 그렇지, 환자도 많고……."

"휴가도 없고?"

"에이, 그런 뜻은 아니에요."

"내가 일정 보니까 올해 명의순례는 글피부터더라고요. 물론 예약이 다 끝나긴 했지만."

"예?"

안미란이 뻴쭘한 표정을 지었다. 글피부터 시작되는 명의순례. 게다가 예약도 끝난 상황. 윤도가 무슨 말을 하려는 건지 감을 잡을 수가 없었다.

"실은 내가 내일부터 며칠 해외 왕진을 가게 되었어요."

"어머, 진짜요?"

"그래서 사나흘 자리를 비워야 할 것 같은데 마침 중국의 명의순례도 그때네요."

"예약이 끝났다면서요?"

"에이, 왜 이래요? 제가 중국에 라인 좀 있잖습니까? 중국 주석의 훈장은 괜히 받은 줄 아세요."

"원장님?"

"농담 아니고요, 어젯밤에 주최 측에 접촉해서 확인했거든요? 안 선생님이 오케이하면 바로 끼워 넣을 수 있습니다."

"원장님……."

"솔직히 명의순례… 어떤 한의사에게는 관광이 될 수도 있고 또 어떤 한의사에게는 한의의 진정성과 인술, 도전, 개척 등을 돌아볼 수 있는 계기가 될 수 있습니다. 저도 큰 도움을 얻은 사람 중 하나고요."

"정말 저 보내시려고요?"

"한번 다녀오세요. 가셔서 중국 침술도 체험하시고 의서에서만 보던 중국의 전설적 명의들 발자취를 돌아보면서 미래상을 그려보는 것도 나쁘지 않을 겁니다."

"원장님……."

"가는 겁니다?"

"보내만 주신다면 가보고 싶기는 해요."

"가시면 하북성 코스에 헤이싼시호라는 호수가 있어요. 잘하면 영감 같은 걸 받을 수도 있으니 시간 되면 꼭 보고 오세요. 가는 경비 일체는 제가 대고요, 이건 품위 유지비로 쓰세요. 다만 하북성 코스에서 누군가 진료를 부탁하거든 웬만하면 도와주시고요."

윤도가 봉투를 내밀었다. 안에 든 건 5,000불이었다.

"원장님."

"여권 가지고 중국 대사관부터 가세요. 급행으로 비자 신청하면 오늘 안으로 처리될 겁니다."

"원장님."

"꾸물거리지 말고 빨리 다녀오세요. 우리 오늘은 좀 빡세게 굴러야 합니다. 며칠 예약된 분들 중에 병증이 심한 분들은 전부 모시기로 했거든요."

윤도가 문을 가리켰다.

"고맙습니다, 원장님. 총알처럼 다녀올게요."

안미란은 뒤도 돌아보지 않고 뛰었다.

늦은 밤, 윤도는 산해경을 펼쳤다. 신비경은 들이대지 않았다. 허무맹랑한 중국의 판타지쯤으로 생각하던 산해경이다. 그러나 이 안에서 나온 영약으로 고친 질병이 얼마던가.

영약은 그저 영약으로서의 효과만 보인 게 아니었다. 윤도의 신약 개발에도 단초가 되어주었다. 영약만의 약효와 특별한 약리 작용을 파헤쳐 유사한 약재 성분을 찾아냄으로써 신약의 해법을 세운 것이다.

장침도 그랬다. 영약의 반응을 따라 가감되는 혈자리의 기혈 작용. 그것들을 참조해 응용함으로써 윤도의 침술은 발전을 거듭해 왔다.

통장을 펼쳤다. 돈은 셀 수도 없이 쌓였고 이 순간에도 쌓이고 있었다. 한의대를 졸업할 때 동기생들 대다수의 꿈은 두 가지였다. 하나는 한방대학병원에 취업해 교수로 나가는 것, 또 하나는 잘나가는 한의원을 개업해서 명의 소리와 함께 돈 좀 거머쥐는 것.

공중보건의로 갈 때 윤도의 꿈도 별반 다르지 않았다.

지금은 어떤가?

가만히 자신을 돌아보았다. 그때 꾸던 꿈은 다 이루고도 남았다. 한방대학병원은 언제든 마음만 먹으면 갈 수 있다. 대한민국 최고로 꼽히는 광희한방대학병원의 예를 들면 윤도가 간다고 하면 진료부원장 자리도 내줄 것이다. 한방대학 교수 자리도 그랬다. 어디든 오케이다. 석사 학위도 박사 학위도 필요 없었다. 윤도에게는 그런 종잇장 학위보다 빛나는 침술이 있었고, 그 침술은 수많은 불치병을 고친 역사를 낳았다.

장침을 들었다.

처음에는 내관혈 찌르기도 겁나던 장침이다. 말초신경 때문이다. 침감을 자칫 잘못 조절하면 혈관이나 정중신경을 손상할 수 있었다. 풍부혈 같은 경우는 부담의 핵심이다. 침을 잘못 넣으면 연수를 손상한다. 자칫하면 사지 마비가 될 수 있었다.

그런데 지금은 어떤가? 없는 혈자리도 대체혈을 만들어놓을 수 있는 경지에 도달했다. 이제는 풍부혈이라도 해도 눈 감고 넣을 수 있는 지경이 된 것이다.

'부용.'

장침을 생각하면 이름 하나가 따라온다.

'헤이싼시호.'

검은 물빛 호수도 따라온다. 헤이싼시호가 기원이라면 부용은 시작이다.

윤도의 꿈은 그녀가 깔아준 발판으로 차곡차곡 높아졌다. 신약을 개발했고, 한의사로서의 명성을 쌓았고, 인정도 받았다. 꿈꾸던 침술 특화 한의대학 역시 인가가 코앞이다.

하지만 꼭 한 가지 제자리걸음을 하는 것이 있었다. 바로 부용과의 관계이다. 그사이 정도 많이 쌓였다. 부용이 윤도를 좋아한다는 것도 알고 있다. 그럼에도 불구하고 결혼에 대해 생각해 보지 않은 건 아무래도 일 때문이다.

결혼을 돌아보는 건 진경태와 윤철 때문이다. 진경태, 알고 보니 정나현 실장과 마음이 통하고 있었다. 간간이 눈치를 채기는 했지만 이제는 알 것 같았다.

윤철 역시 여자가 생겼다. 제 방에서 통화하는 걸 들으니 진도가 상당히 나간 눈치다. 그때 윤철의 한마디가 윤도의 가슴에 울림을 주었다.

"눈치 없이 이제야 청혼해서 미안해. 그렇게 오래 기다린 거야?"

윤철이 여친과 통화하며 한 소리다. 둘은 캠퍼스 커플이었다. 호감을 가지고 종종 만났다. 그러다 윤철이 직장에서 자리를 잡으며 청혼을 한 모양이다. 그 상황을 부용에게 대입시켜 보았다. 반듯하면서도 지칠 줄 모르는 열정의 여자 이부용. 무엇 하나 빠지지 않는 매력 덩어리이지만 다른 남자들과의 이성 관계는 소원했다. 그건 소속 스타들의 반응에서도 알 수 있었다. 이가인을 비롯하여 해피 프레지던트 멤버들, 미우에 이르기까지 윤도를 연인으로 규정하기 때문이다.

달력을 보았다.

부용의 생일이 다시 돌아온다. 바르는 탕약 신약 개발이 끝나는 시점이다.

'바르는 탕약까지 성공하면 그녀에게…….'

시선을 하늘로 돌렸다. 미세먼지 가득한 서울. 여간해서는 초롱거리지 않던 별 하나가 윤도를 보고 있다. 어쩐지 부용의 시선 같아 마음이 편했다.

"이쪽입니다."

다음 날 공항에 도착하자 박 과장이 윤도를 맞았다. 공항 귀빈실로 가니 먼저 온 특사들이 보였다. 특사는 둘 다 새 얼굴이었다.

손병수 국가안보실장.

김진걸 대통령 전 비서실장.

새로 특사가 된 사람들의 면모이다. 중량감만 봐도 전보다 무게감이 있었다. 대통령의 승부수임을 알 수 있었다.

"반갑습니다, 채 선생님."

두 특사가 인사를 해왔다. 윤도도 인사로 두 거물을 맞았다. 이 특사들에 김광요 국정원 차장보와 박 과장, 김수희 과장이 수행 멤버가 되었다.

"대통령께 장도 보고를 하러 갔더니 채 선생님 이야기를 하시더군요."

손병수가 입을 열었다.

"지난번 특사 때도 측면 지원을 하셨다고요? 이번에도 분위기 형성을 잘 부탁드립니다."

"제 역할이 있을지 모르겠군요."

"있을 겁니다. 이번에는 선생님을 콕 찍은 초청이 아닙니까? 어쩌면 우리가 들러리일지도 모릅니다."

손병수가 웃었다.

"무슨 그런 말씀을……."

"물론 반은 조크입니다만 마음에 걸리는 것도 사실입니다. 지난번에 방수용이 그랬듯이 북에 선생님의 신침이 필요한 환자가 있다면 우리 추측이 사실일 수도 있으니까요."

"……."

"선생님은 중국 주석과도 막역하시다죠?"

"막역하다니요? 그저 한두 번 본 것에 불과합니다."

"그것만 해도 대단합니다. 저는 한 번도 독대하지 못했거든요. 솔직히 우리 대통령도 중국 주석과의 독대는 한두 차례에 불과한 실정입니다."

"……."

"북의 지도자도 그 사실을 알고 있을 겁니다. 그러니 선생님의 분위기 메이커 역할이 정말 중요합니다."

"제가 할 일이 생기면 최선을 다해보도록 하겠습니다."

윤도가 마무리를 했다. 북의 속사정은 윤도도 모른다. 그러나 특사라는 측면에서 보면 윤도는 부록에 불과했다. 윤도가 밀담에 나가 남북을 조율할 것도 아니기 때문이다.

비행기가 이륙했다.

중국 심양에서도 오래 기다리지 않았다. 이번에는 고려항공이다. 좌석은 1등석으로 마련되어 있었다.

"채윤도 선생님?"

탑승하기 무섭게 기장이 나왔다. 그는 윤도의 얼굴을 알고 있었다.

"그렇습니다만."

"모시게 되어 영광입니다. 평양까지 안전하게 모시겠습네다."

50대 초반의 기장은 깍듯했다. 특사단에게도 인사를 잊지 않았지만 아무래도 윤도에게처럼 깍듯하지는 않았다.

"아무래도 선생님 비중이 클 것 같군요."

나란히 앉은 김광요가 나지막이 속삭였다. 그러나 아직은 베일에 싸인 초청. 혼자 이런저런 상상을 하는 것도 번거로워 잠을 청했다.

비행기.

하루를 25시간으로 나눠 사는 윤도에게는 잠을 잘 수 있는 절호의 찬스였다.

"선생님."

얼마나 잠들었을까? 김광요가 윤도의 귓전에 속삭였다. 눈을 뜨니 착륙 안내 방송이 나왔다. 곧이어 바퀴 빠지는 소리가 들렸다. 그렇다면 곧 착륙이다. 창밖으로 평양이 내려다보였다. 서울에서 멀지 않지만 중국으로 돌아 들어와야 하는 곳. 그조차 왕래가 쉽지 않은 곳. 지구촌 시대에 유럽이나 아프리카보다 먼 곳이 바로 북한이었다.

덜컥!

바퀴 닿는 소리와 함께 비행기의 속력이 줄었다. 기수를 돌린 비행기가 관제탑이 가까운 공항청사 앞에서 멈췄다.

북한의 영접 대표는 방수용이었다. 그는 공식적이었고 특사부터 챙겼다. 외교적인 의전에 틈이 없는 사람이었다. 윤도는 마지막으로 악수를 했다. 차례는 꼴찌였지만 방수용의 입가에 밴 미소는 더없이 친근해 보였다.

똑똑!

호텔 객실에 여장을 풀기 무섭게 노크 소리가 들렸다. 문을 연 윤도가 화들짝 놀랐다.

"채윤도 선생."

문 앞에 선 건 연륜과 경륜으로 빛나는 한의사 차평재였다. 윤도의 침술로 목숨을 구한 그는 제법 건강해 보였다. 윤도를 확인한 그가 복무원에게 눈짓했다. 여자 복무원이 인사를 하고 물러갔다.

"선생님."

"오시느라 고생하셨소."

차평재가 손을 내밀었다. 윤도가 그 손을 잡았다. 손은 따뜻했다. 윤도의 초청이 차평재의 질병과는 상관없는 것 같았다.

"건강은 어떠십니까?"

윤도가 물었다.

"덕분에 새 삶을 살고 있다오. 인민들에게 작게나마 도움도 주면서……."

"다행이군요."

"채 선생 활약이 엄청나다죠? 중국의 독감을 퇴치하고 중국 주석도 만나시고. 방 비서에게 귀동냥으로 들었소이다."

"별말씀을……."

"이렇게 뵈었으니 지난 얘기도 하고 고마움도 전해야 하는데 거두절미하고 본론부터 말해야겠소이다."

'거두절미?'

윤도가 눈빛을 세웠다. 초청 이유가 나오려는 것일까?

"실은 중요한 환자가 있는데 우리 북조선 의료진 수준으로는 도리가 없는 일이 생겼다오. 해서 부득 채 선생을 모신 것인데 수고스럽겠지만 나를 고쳐준 신침을 좀 써주실 수 있겠소?"

"……."

"미안하지만 시간도 없다오."

"선생님."

"오죽하면 내가 이렇게 달려왔겠소? 사실은 공항에서 모셔가야 할 판이었는데 그건 손님에 대한 예가 아닌 것 같아서……."

"환자가 누구입니까?"

윤도가 물었다.

"도와주시겠소?"

차평재는 대답 대신 재촉을 해왔다. 척 봐도 기밀에 속하는 모양. 그렇다면 더 물어도 소용없을 일이다.

"그럼 우리 대표단에 허락을 받아주시지요."

"지금쯤 방 비서가 허락을 받고 있을 거라오."

"……?"

순간 윤도의 방 전화가 울렸다.

"여보세요?"

전화를 받자 김광요의 목소리가 나왔다. 차평재의 말은 한 치의 어긋남도 없었다.

"로비에 내려가 계시면 곧 가겠습니다."

윤도가 차평재에게 답했다. 어느 정도는 예상한 일인 까닭이다. 잠시 후 김광요와 박 과장이 윤도의 객실로 건너왔다.

"차평재가 직접 왔다고요?"

김광요의 눈에도 긴장감이 역력했다. 평양에 내린 지 한 시간도 안 된 상황. 이렇게 서두르는 걸 보니 굉장한 응급상황이 분명했다.

—대화는 평상적으로 하고 나머지는 필담으로 하지요. 아직 여기 도청 같은 걸 체크 못해서…….

김광요가 필담을 요청했다.

—어떡할까요?

윤도가 그 아래에 생각을 적었다.

"환자가 있는 모양입니다. 진료 좀 다녀오겠습니다."

"그러세요. 가서서 시원하게 고쳐주십시오."

—환자가 누구라고는 하지 않습니까?

—물었는데 대답을 피했습니다.

"북한도 침술이 괜찮은데……"

"그래도 선생님 장침만이야 하겠습니까?"

—일단 가보십시오. 만약 환자가 지도자라면 어떻게든 저희와 연락을 하신 후에 치료를 부탁드립니다. 침과 약침액 일부만 가져가는 것도 방법이 되겠습니다.

—지도자가 아니면요?

—그럼 치료를 하셔야겠지요. 저희도 저녁 스케줄이 나왔는데 저쪽 인물이 국장급에 불과합니다. 어쩌면 우리가 예측한 대로 특사는 요식행위로 간단한 사안의 의견이나 나누고 선생님의 침술이 필요한 건지도…….

—그럴 리가요.

—아무튼 선생님 역할이 막중하게 되었습니다.

"그럼 다녀오겠습니다."

"파이팅입니다!"

큰 소리와 함께 필담 나눈 종이를 박 과장에게 건넸다. 박 과장은 그걸 잘게 찢어 변기에 넣고 물을 내렸다.

윤도가 로비로 나왔다. 차는 이미 두 대나 대기 중이었다.

"타시죠."

차평재가 차를 가리켰다. 차에 타기 전, 호텔을 올려다보았다. 8층 창가에 김광요의 실루엣이 보였다. 평양 왕진. 첫 방북 때도 그랬다. 그때도 긴장된 상태로 방수용을 따라갔다.

그때 만난 사람이 북한의 명의 차평재. 그의 침은 북한의 전설. 그런 그가 윤도를 찍어 초청했다. 그렇다면 이 환자는 누구인가? 환자가 앓고 있는 병은?

애애애앵!

차가 도로로 나오자 사이드카 두 대가 앞서 나갔다. 그들은 바로 차량을 인도하기 시작했다. 차량도 속도를 올렸다. 거의 150㎞의 질주였다. 차평재는 앞만 보고 있었다. 노장의 얼굴에 주름보다 깊게 맺힌 비장미를 윤도는 놓치지 않았다.

'환자는 거물이다.'

다른 건 몰라도 그건 분명했다.

이 환자, 지도자가 아니더라도 최소 '지도자급'이 분명했다.

7. 99.9%의 송장

끼익!

차량이 병원 앞에 멈췄다. 여러 의료진과 당 고위 간부들이 나와 있다. 간부들과 원장 등의 의료진은 차평재를 정중히 예우했다. 윤도도 예외는 아니었다.

"남에서 오신 채윤도 선생이오."

차에서 내린 차평재가 윤도를 가리켰다. 의료진은 한 번 더 허리를 접었다.

"가시죠."

차평재가 말했다. 통성명을 할 분위기도 아니었다. 안으로 들어서자 의료 인력과 직원들이 파도처럼 물러섰다. 그렇게 도착한 곳은 집중치료실이었다.

한 침대의 커튼 앞에서 차평재의 발길이 멈췄다. 거기 있던 의료진도 역시 파도처럼 물러섰다. 차평재가 눈짓을 보내자 간호사 하나가 커튼을 걷었다.

"……!"

윤도의 눈에 지진이 일었다. 환자는 작았다. 5살쯤 된 남자 아이였다. 그 작은 몸의 요혈마다 침이 빼곡히 꽂혀 있었다.

만혈(萬穴) 비상.

백혈(百穴) 가동.

침만 봐도 상황을 알 수 있었다. 차평재. 그의 신술이었다. 신침을 총동원해 저승으로 가는 환자의 목숨을 잡아둔 것이다. 달리 말해 저 침을 빼면 아이는 바로 사망이었다.

"꿀꺽!"

마른침을 넘기고 다가섰다. 아이 가슴에 수술 자국이 선명했다. 동시에 처참했다. 한 번의 수술이 아닌 모양이다. 나아가 작은 수술도 아니었다. 몇 번인가의 대수술을 받은 아이. 북한의 최고급 의료진이 총동원된 이 아이는 누구일까? 그 히스토리가 차평재의 입에서 흘러나왔다.

"선천적으로 간이 좋지 않아 두 번의 간이식을 받았습니다. 기본적인 간 기능 검사는 물론 심장 초음파, CT와 MRI, 내과적 기적 질환에 더불어 PET 검사를 수행했고, 기증자의 간 역시 일치하는 혈액형에 체격이 비슷한 점까지 고려했습니다. 간담 MRI도 찍었고 위장관 내시경에 조직 적합성 교차 검사까지 문제가 없었는데 급격한 생체 거부반응이 나와 제거하고 두 번째 이식을 받았습니다만, 이번에는 의학적으로 이해가 안 되는 거부반응이……."

"저를 초청한 이유입니까?"

윤도가 물었다. 나직하지만 무게가 실린 목소리였다.

"도와주시오. 이 거부반응은 인체 기혈의 부조화인 듯해서 양방으로는 원인을 밝히지 못했습니다. 이 늙은이가 분투했지만 역부족이었고, 이제 채 선생이 마지막 희망입니다."

"어디까지 맡기시는 겁니까?"

"당연히 전부입니다."

"그렇다면 두 가지를 먼저 보장해 주셔야 합니다. 첫째는 이 순간부터 이 환자에게 대한 치료는 무조건 제게 전권을 주셔야 하며 불의의 결과가 나오더라도 탓하지 않겠다는 약속 말입니다."

윤도가 선언했다. 낯선 땅 북한. 윤도의 상식이 통하는 곳이 아니었다. 자칫하면 독박을 쓸 가능성도 있었다.

"전권은 이미 지도자 동지께서 수락하셨습니다."

차평재가 답했다. 윤도의 시선이 그 뒤에 도열한 당 간부들과 병원 책임자들에게 건너갔다. 그들 역시 일동 고갯짓으로 대답을 갈음했다.

저벅!

윤도가 걸음을 떼었다. 모든 시선이 그 걸음을 따라왔다. 걸음은 세면대 앞에서 멈췄다. 먼저 비누로 씻고 소독제로 한 번 더 씻었다. 눈치 빠른 간호사가 가운을 준비해 주었다. 그녀가 입혀주려는 걸 마다하고 직접 입었다. 윤도가 돌아오자 의료진이 물러섰다. 지독히도 절제된 행동이다.

윤도의 손이 환자의 손목을 잡았다. 순간, 차평재의 망막에 파르르 경련이 일었다. 환자는 고작 다섯 살. 그런데 손목이다.

사실 어린이의 맥을 잡는 법은 따로 있었다. 갓난아기는 주로 이마의 맥을 본다. 5~6세까지는 3관의 맥을 기준으로 한다. 이때의 3관은 남녀에 따라 나뉜다. 남자는 왼손 검지, 여자는 오른손 검지 안의 실핏줄을 보는 것이다. 손바닥을 기준으로 첫 마디가 풍관이고 둘째 마디는 기관, 셋째는 명관이라고 한다.

하지만 윤도에게 그런 구분은 의미가 없었다. 신맥을 잡는 손가락이기에 갓난아기라 해도 손목 진맥이 어렵지 않았다.

예상대로 맥은 거의 없었다. 이마에 이슬처럼 맺힌 땀. 그러나 흘러내리지는 않는다. 그렇다면 땀이라기보다 사기의 응결이라고 봐도 무관했다. 그건 곧 목숨이 경각에 달렸다는 신호이다.

심기—Down.

폐기—Down.

비기—Down.

신기—Down.

온몸의 흔적에서도 초비상 상황임을 알 수 있었다. 숫구멍이 움푹 파였으니 심기가 끊어지기 직전, 코가 검은빛으로 말랐으니 폐기도 끊어지기 직전, 크게 부푼 배에 푸른 줄까지 섰으니 비기까지도 가물가물했다. 그나마 나은 건 간기 하나. 그러나 그조차 파국의 신호에 불과했다. 다른 오장육부가 다 작살날 지경인데 혼자 버틴다는 건 극명한 부조화의 증거인 까닭이다.

맥은 아이에게 달린 생명 줄의 디지털 사인과 궤를 함께하고 있었다. 꺼지기 직전의 빛, 사그라지기 직전의 덧없는 불씨가 거기 있었다.

그것 외에 다른 징후도 감지되었다. 머리 쪽에서 가물거리는 사기였다.

머리.

그러나 치명적인 오장의 기혈 붕괴로 인해 가물거리는 신호들. 지금은 설령 뇌암이 있다고 해도 지엽적인 것에 불과할 일이었다. 무혼맥까지 나오는 상황이 아닌가? 무혼맥이 나오면 시체라고 봐도 무방했다. 이런 사람의 진단은 명료했다.

치료 불가.

발밑으로 내려가 태계혈을 잡았다. 위태롭지만 아스라이 잡혔다. 차평재의 힘이다. 이미 흙 속으로 들어갔어도 이상할 것 없는 환자의 목숨 끈을 침으로 잡아둔 것이다.

—응급상황의 종합 세트.

—치명적이고도 더욱 치명적인.

머리가 띵해졌다.

확인을 겸해 왼손 검지를 잡았다.

검은 핏줄이 섰다. 가망 없다는 의미이다. 셋째 마디는 더 비관적이었다. 검은 핏줄이 3관을 지나며 뒤틀린 채 손톱까지 올라갔다. 이 또한 가망 없음의 또 다른 확인이다. 게다가 이 검은빛에는 푸른빛조차 섞여 있지 않았다. 지금 바로 사망 선고를 내려도 될 정도였다.

어쩌면 이미 저세상으로 9할은 넘어간 목숨. 그 목숨의 끈을 잡고 있는 차평재의 침이었다.

'신침.'

윤도의 솜털이 일제히 일어섰다. 등골을 타고 서늘한 냉기도 흘렀다.

인민의 영웅 차평재. 그가 왜 칭송받는지 알 수 있는 침술이었다.

환자의 손을 제자리에 놓아주던 윤도가 동작을 멈췄다. 검지에 다른 흔적이 하나 보였다. 마음이 쓰이는 흔적이다.

"선생님."

윤도가 차평재를 바라보았다.

"예."

"이승 사람이 아니라 저승 환자를 맡기셨군요."

"그렇게 되었소이다."

"솔직히 말해서 쉽지 않을 것 같습니다."

"……."

"하지만 어쩌면… 이렇게라도 조치하신 선생님이 더 힘들었겠지요."

"……."

"진간맥……."

윤도의 시선이 가슴팍 아래로 옮겨갔다. 간의 명혈 기문혈 자리이다.

"그중 나은 맥이더군요. 어떻게 보면 이 맥 덕분에 환자가 버티고 있는 것 같지만 실은 환자를 죽인 원인입니다."

"……."

"죄송하지만 간이식에 대해 좀 알아야 할 것 같습니다."

"채 선생."

"간에 문제가 있습니다."

윤도가 잘라 말했다. 그런 다음 환자의 검지를 들어 보였다. 첫째 마디이다. 검은 핏줄 옆에 붉은 무늬 같은 게 서 있었다.

"이 흔적, 분명 사람에게 놀랐을 때 나오는 무늬입니다. 하지만 보통의 경우와 많이 다르군요. 어쩌면 이식받은 간이라 그럴 수도 있습니다."

"……."

"그렇다면 이 흔적은 간이 보낸 신호가 아닐까 싶습니다만."

"……."

"말 그대로 간의 원래 주인이 굉장히 놀랐다는 겁니다. 그것도 사람에게."

윤도의 눈빛은 차라리 단아했다. 그 의미를 아는 차평재가 의료진을 돌아보았다. 의료진이 조용히 밖으로 물러났다.

"뭘 말해 드릴까요?"

한참의 침묵 뒤에 차평재가 입을 열었다.

"간의 기혈… 선생님 말씀대로라면 이 환자 또래의 어린아이 간이라는 건데 어린아이의 장기라기엔 너무 맹렬한 사기(邪氣)가 담겨져 왔습니다."

"사기……."

"그 사기가 수혜자의 오장육부를 해쳤습니다. 공격이 아니고 수비로써. 그게 이식 부작용의 원인으로 보입니다."

"공격이 아니고 수비였습니까?"

차평재가 소스라쳤다.

수비.

반대 진단이 나왔다. 차평재가 생각한 단어는 공격이었다.

"수비입니다. 간장의 힘을 원하는 장기들에게 나눠 주지 않고 받아들이기만 한 거죠. 말하자면 기혈을 원하는 오장육부의 잔존 기혈을 쫙 빨아먹어 버린 겁니다."

쫙!

그 단어에 힘이 들어갔다.

"그거였군요. 이유 없이 사나운 기혈의 부조화……."

차평재의 이마에서 식은땀이 떨어졌다. 원인을 알 수 없는 항원의 작용이거나 간이식으로 인한 오장기혈의 부조화로 알았던 치명적인 부작용. 차평재가 추측한 현상과 반대쪽이었던 것이다.

"이 환자에게 들어 있는 간장, 일부 이식이 아니고 전체 이식이지요?"

"……."

"그렇다면 공여자는 사망 상태였겠군요. 뇌사나 심장사였나요?"

"그렇다고 들었습니다."

"듣기만 하셨습니까?"

윤도의 눈빛이 집요해졌다.

"장기 적출은 양방 의료진이 담당하기에……."

"적출의를 불러주시겠습니까?"

"채 선생."

"보시다시피 무혼맥까지 나오는 환자입니다. 정확한 원인을 알지 못하면 침 한 방으로 실낱같은 목숨 줄이 잘릴 수 있습니다. 간 공여자의 의료 기록과 이 환자의 의료 기록 일체를 부탁합니다."

"알겠소."

차평재는 말을 알아들었다. 그 역시 환자의 상태를 잘 알고 있는 것이다. 바로 적출의가 불려왔다. 차평재가 설명했다.

"채 선생이 간장의 적출과 공여자의 의료 기록에 대해 궁금해하시오."

"무엇이 궁금합네까? 서류를 챙기는 건 복잡한 일이니 제가 직접 답해 드리지요."

적출의가 윤도를 바라보았다.

"사망자의 상태를 알고 싶습니다."

"사망자는 뇌사자였습네다."

"확실합니까?"

"무슨 뜻이오?"

"뇌사가 확실하냐고 묻고 있습니다."

"그거야 당연한 것 아니오? 뇌간과 연수의 기능이 모두 정지되었고 호흡도 불가능했습네다."

"뇌사의 원인은 뭐였죠?"

"알레르기성 호흡곤란이었소."

호흡곤란.

적출의의 목소리에 힘이 들어갔다. 뇌사의 원인은 다양하다. 교통사고와 질식에서부터 순간적인 충격, 알레르기 발작과 호흡곤란 증상으로도 뇌사는 발생할 수 있었다.

"호흡곤란으로부터 뇌사 판정까지는 얼마나 걸렸습니까? 간 적출까지는요?"

"이봐요."

"중요한 일입니다."

"간 적출은 우리 공화국의 뇌사 판정과 장기 기증 절차에 따라 엄정하게 실시되었습네다. 그런데 그 과정이 왜 필요하다는 거요?"

"분명히 무호흡이었습니까?"

"아니, 지금 대체 무슨 소리를 하고 있는 거요? 당신, 설마……?"

"예, 당신이 생각하는 그 설마에 대한 단서를 묻고 있는 겁니다."

"……!"

윤도의 반격에 적출의가 휘청거렸다.

"이, 이 동무……."

"간 공여자는 뇌사가 아니었습니다. 최소한 적출하는 어느 한 시기에라도 말입니다. 어쩌면 당신을 보았는지도 모릅니다."

"……?"

"당신은 느꼈죠?"

"이, 이봐요!"

"빌어먹을! 저 간의 주인은 뇌사 100%가 아닌 상태에서 장기를 적출당했다고요! 그래서 그 고통과 두려움의 의식이 간에 사기로 들어찬 채 저 환자의 몸에 장착되었습니다! 그 탱탱한 사기가 환자의 오장육부의 기혈을 사정없이 빨아들여 초래한 결과라고요!"

윤도가 폭주했다.

"……!"

"아닙니까? 아닐 수도 있겠지요. 하지만 내 진단은 그렇습니다. 내 진단이 틀렸다면 나는 돌아갑니다. 틀린 진단으로는 저렇게 치명적인 환자를 살릴 수 없을 테니까요."

윤도가 가운을 벗어 간호사에게 건네주었다. 단호한 의지의 표현이다.

단초는 진간맥이었다. 그 맥은 사기로 들끓고 있었다. 환자와 비슷한 체구까지 고려했다면 나이도 비슷할 제공자. 그렇다면 어린아이일진대 그만한 사기가 있을 리 없었다.

결론은 하나였다.

간 제공자, 의식이 있는 자는 아니었다. 그건 이의가 없었다. 그러나 적출 시기에 불가사의한 이유로 잠시 의식이 돌아왔다. 이승을 떠나기 싫은 미련의 소산일 수도 있었다.

의식은 자신의 몸이 해부되는 걸 알았다. 간장이 떼어졌다. 두려웠다. 의식이 소리쳤다. 소리가 나오지 않았다. 두려움이 원망으로 변했다. 원망의 사기가 간장으로 집중되었다.

싫어!

싫어!

싫단 말이야!

고통과 두려움, 원망의 사기로 범벅이 된 간이 수혜자의 몸으로 들어갔다.

여기까지 온 건 첫 이식의 실패가 원인이었다. 첫 간이식의 예후가 불량했다. 마침 또래의 알레르기 환자가 뇌사 징후를 보였다. 의료진은 간 교체를 결정했다.

한 번도 아니고 두 번의 간이식을 받은 환자. 보통 가정의 어린이일 리 없다. 의료진은 서둘렀다. 그렇기에 뇌사 판정이 성급했다. 결정적으로 제공자의 병력을 간과한 것이다.

간 제공자가 가난한 노동자의 아들인 것도 한몫을 했다. 이때까지도 윤도는 환자의 신분을 몰랐다. 그저 어마어마한 권력자의 아들이나 손자 정도로만 생각했을 뿐.

"황 박사."

채평재가 적출의를 돌아보았다. 황윤성 박사. 북한 외과의로서는 최고봉에 속했다. 그렇기에 이 수술 팀에 선택된 사람이다. 그렇기에 그는 환자의 치료가 얼마나 중요한지 잘 알고 있었다.

"촉박했던 건 사실입네다."

적출의의 입에서 진실 한 가닥이 밀려 나왔다. 하지만 그 정도로는 윤도의 마음을 돌리지 못했다. 윤도는 반응하지 않았다.

"적출할 때 미세한 반응이 온 것도……."

멈칫.

그제야 윤도가 고개를 들었다.

"눈이 조금 열린 것 같긴 했지만 뇌사 판정은 이중삼중의 확인을 거친 것이니 문제가 없습네다. 회복될 가망은 없던 아이였습네다."

"나는 적출 과정의 세심한 배려가 아쉽다는 말을 하고 있는 겁니다. 그때 당신이 공여자의 눈을 감기기만 했더라도……."

윤도가 응수했다.

"당신 말은 이해합니다. 당신이라면 달랐겠죠. 죽은 사람도 살리는 명의이니 말입니다. 하지만 나는 그런 경지의 의사가 아닙니다."

"그 말이 당신의 최선인가요?"

"찜찜한 느낌이 있던 것만은 사실입네다. 적출하려는 순간 간이 움찔했어요. 하지만 그건 사후강직에서도 볼 수 있고 생체의 무조건반사인 경우도 많습네다. 의료인의 양심을 걸고 말하건대 공여자의 의식이나 호흡은 없었고, 데이터나 기타 생체 반응으로 보아 의식 회복 정황도 없습니다. 다시 그 순간이 온다고 해도 간을 적출할 수밖에 없을 겁네다."

"……."

"아무튼 굉장하군요. 단지 진맥만으로 그걸 알아내다니……."

"칭찬을 듣자는 게 아닙니다."

"선생, 미안하지만 나는 선생처럼 신의의 호칭을 듣는 의사가 아니오. 시간을 다투는 간이식을 앞두고 뇌사 판정 과정까지 일일이 되짚어볼 여유는 없었소이다. 그러나 의료인으로서 당신의 질책은 따끔하게 간직해 두겠소. 그러니 그걸 이유로 진료를 마다하지는 말아주시오. 당신의 진단은 옳았소이다. 등골이 오싹하도록."

"됐습니다."

"모쪼록 치료를 부탁합니다."

식은땀을 훔쳐낸 적출의가 허리를 숙였다. 무조건 승복이다.

"채 선생."

차평재가 거들고 나섰다.

"공여자에게 보상은 하셨습니까?"

윤도가 물었다. 북한의 장기 이식 시스템을 잘 모르는 까닭이다.

"합당한 보상을 제의한 걸로 압니다."

"두 배로 올려주십시오."

윤도가 말했다. 기왕에 벌어진 일이기에 어쩔 수 없었다. 하지만 어떻게든 도움을 주고 싶었다. 간에 서린 사기에 대한 최소한의 위로였다.

"그건 이미 보호자의 동의를 받은 일이라……."

"두 배!"

"그건 내가 약속하겠소. 방수용 비서를 통해서라도."

차평재가 책임을 떠안고 나섰다. 그라면 믿을 수 있기에 그쯤으로 딜을 매듭지었다. 적출의는 정중한 인사를 두고 나갔다. 별수 없이 다시 가운을 입는 윤도였다. 간에 맺힌 강력한 사기의 원인은 밝혀졌다. 소득은 그것으로 되었다.

"이 환자, 굉장한 집안인 모양이군요."

장침 통을 집으며 말했다.

"……."

잠시 침묵하던 차평재가 환자를 바라보며 말을 이었다.

"우리 지도자 동지의 외아들이라오."

차평재가 답했다.

—지도자의 외아들.

윤도가 화들짝 반응했다. 차평재는 고갯짓으로 한 번 더 확인해 주었다. 그제야 모든 의문이 풀려 나갔다. 지도자의 외아들. 그렇다면 북한에서는 지도자 못지않게 중요한 생명이다. 그렇기에 윤도를 초청한 것이다. 그러니까 이번 특사 회담은 회담보다 윤도의 진료가 포커스였다.

지도자의 외아들.

지도자 동지가 허락한 치료의 전권.

그 말이 나온 이유도 여기에 있었다.

이제 이번 특사단의 성과는 윤도 손에 달린 셈이다.

사기(邪氣) 탱천으로 인한 사기(士氣) 폭풍 상승.

환자의 상태가 그랬다. 오장의 맥이 백척간두에 서 있지만 간의 사기(邪氣)만은 저 홀로 씩씩했다. 그 기세가 안으로 부풀어 파국을 재촉하고 있었다. 오장육부의 진기와 생기, 원기와 종기, 영기와 위기까지 닥치고 흡수한 까닭이다.

간은 피를 갈무리하고 전신으로 기를 공급하며 외부에서 들어온 잡균을 없애는 역할을 한다. 그러나 환자의 간은 역작용을 하고 있었다. 전신의 기는 빼앗고 외부 병균은 그대로 통과시켰다. 질병의 파수꾼이 질병 인도자로 바뀐 것이다.

기록상의 환자 열은 무려 41℃에 육박했다. 간헐적이지만 너무 높았다. 침은 이미 활육문과 삼초수혈 자리에 꽂혀 있었다. 해열을 위한 차평재의 분전에도 열은 제대로 잡히지 않았다. 그건 수액을 따라 들어가는 해열제 처방으로 알 수 있었다. 해열의 명혈 활육문과 삼초수조차 무용지물.

공여자의 간.

그 간에 정말 기억이 담긴 것일까? 영화나 소설에는 그런 이야기가 소재로 등장한다. 심장 이식을 받은 사람들의 반응 등이 그것이다.

어떤 남자가 심장 이식을 받았다. 어느 날 어떤 여자를 만났다.

심쿵!

심장이 저절로 반응했다. 그 여자는 심장을 준 남자가 사랑하던 여자였다.

소설이다. 영화다. 어떻게 가능하단 말인가? 그렇게 치부했지만 오늘은 달랐다. 공여자의 간에 담긴 무시무시한 사기. 설명하기 힘들지만 그런 경우가 없다고 고개를 젓기 어려웠다.

장침 두 개를 뽑았다. 대릉혈과 전중혈이다. 오장의 기는 간장에 쏠려 있다. 정확히 말하면 쪽 빨리고 있는 것이다. 침감도 그렇게 나왔다. 이것으로 진맥은 재확인되었다.

이어서 체크한 건 하늘의 기로 불리는 세 혈자리였다. 양지혈과 중완혈, 백회혈이다. 태계혈 쪽보다 위태로웠다.

'채윤도.'

급해지는 마음을 달랬다. 긍정적인 것부터 생각했다. 최고의 긍정이 있었다. 아직 어린 환자의 숨이 끝장난 건 아니라는 사실. 99.9%의 송장이지만 죽은 건 아니었다. 그건 큰 위로가 되었다.

해열!

일단 열부터 잡아야 했다. 내장의 열이 나오는 길은 정해져 있다. 간이라면 신도혈로 나온다. 그러나 이 간은 환자의 간이 아니었다. 다른 오장육부의 입장에서 보면 현재는 적군이었다. 우군인 줄 알고 빗장을 풀었다가 일거에 싹쓸이를 당한 내장들이다.

'간의 열은 신도혈로 나온다. 그러나 열은 비장이 발생시키는 것.'

이 전제부터 풀어야 했다. 차평재도 거기까지는 감안하고 있었다. 침으로 이미 시도가 된 까닭이다. 신도혈의 침을 붙잡고 침감을 조절해 보았다. 사기를 제거하려는 것이지만 듣지 않았다. 비장 또한 혹시나 했지만 역시로 확인되었다.

간이 직접 비위를 쳐버린 상황이다. 질병 침입의 역행과도 같았다. 역행은 순행과 달리 치명적일 수 있었다. 상태가 위중해지는 건 정해진 일이었다.

간은 이제 사기의 핵이 되었다. 북한이 필승 카드로 써먹는 핵미사일의 복사판이다. 이 핵이 신장에서 폐로, 폐에서 심장으로 가면 심장이 멈추게 된다. 사기는 이미 그 마지노선인 심포에 도달해 있었다. 심장이라는 성벽을 공략하고 있는 것이다. 그 공세를 버티는 건 차평재가 장침으로 세운 실드 때문이었다.

'역행 해열.'

어떻게 잡을까? 열을 다스리는 방법은 두 가지였다. 찬 얼음으로 열을 식히거나 온도를 올려 땀을 쏟음으로써 열을 내리는 것. 역행의 열이므로 후자를 택했다.

결정이 서자 바람처럼 손을 움직였다. 비수혈에 장침을 넣어 열감을 올렸다. 활육문과 삼초수에도 침을 보내 해열과 반대의 침감을 넣었다. 중초의 비장과 상초의 폐장이 달아오르기 시작했다. 기혈의 열감을 조절하던 윤도가 단숨에 간을 겨누었다.

신중에 신중을 더했다.

그런데 여기서 대형 사고가 터지고 말았다.

"……!"

믿기지 않게도 세 개의 침이 동시에 혈자리에서 밀려난 것이다.

'이런.'

재빨리 침을 잡았다. 간장의 역습이었다. 비장과 폐장에 생성된 열기를 흩뜨리려는 것이다. 상황은 악화 일로. 이 열을 놓치면 환자는 목숨이 끊어질 판이다.

"왜 그러시오?"

심상치 않음을 알아챈 차평재가 물었다.

"간기가 침을 튕겨내고 있습니다. 비와 폐에 모은 치료 열을 내치려는 것 같습니다."

"이런!"

차평재의 얼굴도 흙빛으로 변했다.

윤도는 집중했다. 간에서 튕겨내는 사기를 체크했다. 사기는 난폭했다. 그 난폭함 속에 길이 있었다. 난폭함에 간격이 있는 것이다. 그 간격을 파악한 윤도는 사기의 펌프질이 끊기는 촌각에 장침을 추가했다.

두 개, 세 개, 네 개…….

비수혈에 들어간 장침이 일곱 개가 되는 순간 사기의 압박이 느슨해졌다. 사기가 지친 것이다. 이제 윤도의 반격이 시작되었다. 일곱 개의 침을 빠르게 감아 침감을 극한으로 올렸다. 간이 검푸른색으로 물들기 시작했다. 그러자 환자의 온몸에서 굵은 땀방울이 배어나왔다. 맺히기만 하던 땀의 일부가 흘러내리는 게 보였다.

툭, 툭, 툭!

'먹혔다.'

윤도의 공세는 성공이었다. 어쩌면 간의 사기도 한계에 다다른 상태. 그런 상황에서 작열감이 들이치니 한풀 꺾이고 마는 사기였다.

"열이 내려가요."

간호사의 목소리가 들리고서야 중초와 상초의 작열감을 마감했다. 열은 그저 간보기에 불과했다. 이제 심포에까지 도달한 오장의 사기를 밀어내고 간의 폭주를 잡아야 했다. 사나운 폭주를 길들여 오장육부와 박자를 맞추는 것.

방법은 무엇일까?

사기는 본래 혈을 따라 나가게 되어 있다. 그러나 이 경우에는 치명타가 역행으로 시작되었기에 정상적인 처리가 불가능하게 되었다.

'혈이 아니면 근.'

길이 없으면 샛길을 내야 한다. 혈자리로 안 된다면 근이었다. 윤도의 손이 태충혈로 향했다. 차평재의 시선도 그 동선을 따라 움직였다.

태충혈.

혈자리를 고르는 손을 본 차평재의 미간이 일그러졌다. 윤도의 의도를 알아차린 것이다. 그사이에 윤도의 장침은 이미 태충혈을 차고 들어갔다. 태충혈은 간근 관련 질환의 요혈. 근으로 사기를 밀어내 보려는 윤도였다.

원칙대로라면 폐수혈을 동원해야 한다. 폐는 금이다. 금은 목을 극한다. 간이 곧 목의 성질이기에 그렇다. 하지만 침은 신수혈에 겹쳐 꽂았다. 신장은 물의 성질, 즉 수에 속한다. 그렇기에 신장은 목의 성질인 간을 돕는다. 차평재는 눈 한 번 깜박이지 못했다. 역으로 간장을 다스려 열을 내린 윤도. 그렇다면 이번 침감도 역으로 갈 게 분명했다.

예상은 틀리지 않았다. 윤도의 침감이 간으로 향했다. 그러나 기혈을 살린 게 아니라 사기를 빨아 당겼다. 약간의 희생을 무릅쓰더라도 시간을 벌려는 전략이다. 이 침이 혈투가 되었다. 간은 버텼고, 윤도는 공략했다. 승자는 결국 윤도 쪽이었다. 마침내 간의 기세가 꺾이며 사기가 역순환된 것이다. 심포를 물어뜯으려 발악하던 사기가 조금씩 허망해졌다.

'후우!'

윤도가 비로소 긴 숨을 골랐다. 당장의 파국은 면하게 되었다.

"선생님의 침은 오장육부의 것만 제외하고 발침하겠습니다."

윤도가 선언했다. 차평재는 군말을 달지 않았다.

발침 후에 신도혈에 새 침을 넣었다. 이제는 간의 열을 내몰기 위함이다. 소장과 삼초를 위한 장침도 꽂았다. 환자의 기혈에 쌓인 혈독과 가스 독 때문이다.

"진맥을 해보시죠."

윤도가 확인을 권했다. 차평재는 환자의 검지를 잡았다. 손마디의 혈관을 보며 상태를 파악했다. 차평재의 숨소리가 멈췄다. 벼랑 끝의 위기는 벗어난 맥이었다. 검게 변해가던 실핏줄에 푸른빛과 붉은빛이 얼비치고 있었다.

"위기는 넘겼군요?"

차평재 얼굴에 안도감이 배어나왔다.

"이 말씀을 여기 원장님께 전해주세요."

윤도가 간호사를 돌아보았다. 그녀는 뛸 듯이 병실을 나갔다.

"기혈 순환이 망가진 12경맥이 최소한의 기능을 찾으려면 다소 시간이 걸릴 것 같습니다."

"……."

"이제 시작에 불과하죠. 환자에게 다른 질병이 없기만을 바랍니다. 상황이 이런 데다 간의 사기 때문에 다른 질병은 미처 체크하지 못했거든요."

다른 질병의 체크는 머리 때문이었다. 폭풍 속에 느낀 작은 흔적. 윤도는 그걸 잊지 않고 있었다.

"채 선생."

차평재는 말을 잃었다. 환자가 벌떡 일어선 건 아니지만 희망이 보인 건 틀림이 없었다. 이건 그 자신과 공화국의 모든 의료진이 달라붙고서도 이루지 못한 성과였다.

"회생이 가능하겠습네까?"

"선생님."

"예?"

"죄송하지만 그전에 솔직한 말씀이 필요합니다. 이번 우리 특사단을 초청한 이유가 이 환자 때문입니까?"

"채 선생……."

"우리 특사단이 지금 북측 대표단을 만나고 있을 겁니다. 그런데 이쪽 대표단의 격이 낮은 걸 보니 그런 의도가 담긴 것 같다고 하더군요. 저만 초청하기 어려우니 특사단 명목으로 초청했지만 그건 그저 허울에 불과한……."

"……."

"저는 솔직히 정치에 휘말리고 싶지 않습니다. 하지만 이 환자를 치료하는 순간 이미 정치에 휘말리고 말았습니다. 만약 우리 특사단이 아무런 성과도 얻지 못하고 제가 북한 지도자의 아들을 살렸다는 사실이 알려지면 저는 한국에서 매장당할지도 모릅니다."

"……."

"제 말이 틀렸습니까?"

"그 말을 하려고 간호사를 내보냈군요?"

"북에서 믿을 사람은 선생님뿐이니까요."

"채 선생……."

"환자를 살릴 가능성의 수치가 필요하겠죠. 확률은 정확히 4분의 1 정도입니다."

"25%?"

차평재가 소스라쳤다. 그 자신이라면 많아야 1~2% 선에서 끝날 일. 그러나 윤도는 무려 10여 배를 말하고 있다.

"윗선에 제 뜻을 전해주십시오. 이번 특사 회담이 남북 관계에 대해 전향적이고도 괄목할 협의를 이루게 된다면 가능성은 두 배나 세 배로 늘어날 수도 있다고 말입니다. 환자를 치료하는 의사도 결국 인간이니까요."

두 배나 세 배.

그렇다면 50~75%에 이르는 확률이다. 윤도의 신침을 아는 차평재이다. 지켜본 바에 의하면 윤도의 실력은 더 출중해졌다. 그렇다면 사실일 수도 있었다. 게다가 이미 절명의 파국으로 내닫던 위기를 막아놓지 않았는가?

그사이에 원장과 의료진이 들어섰다. 그 뒤로는 지도자의 배우자 설미리도 있었다. 방수용과 당 고급 간부들도 보였다.

환자를 본 설미리의 어깨가 떨렸다. 하나밖에 없는 아들을 이런 모습으로 본다는 건 누구든 감내하기 어려운 고통이다.

"우리 장철이, 사는 겁네까?"

설미리가 윤도에게 물었다.

"최선을 다하고 있습니다."

"부탁합네다, 우리 아들."

그녀가 윤도의 손을 잡았다. 여느 어머니와 다름없는 간절한 손이다. 짧은 방문이 끝나자 모두가 병실은 나갔다. 안에 남은 건 윤도와 간호사뿐이었다. 윤도의 시선은 환자에게 있었다.

'장철…….'

이제야 환자의 이름을 알았다. 환자에게는 미안한 마음이 들었다. 본의 아니게 치료를 두고 거래를 논한 것이다. 하지만 윤도의 마음은 사실 닥치고 치료 쪽으로 기울어 있었다. 의료인의 본분이다. 설령 지도자의 조치가 뒤따르지 않는다고 해도 치료를 마다할 수는 없었다. 그럼에도 불구하고 딜을 한 건 통일이나 남북 평화에 대한 국민 된 도리이자 염원이다.

남한과 북한.

당장 통일은 못 되더라도 평화 협정이나 평화로운 왕래만 보장된다고 해도 남북에 지대한 도움이 될 일이다.

한 시간쯤 후 차평재가 돌아왔다. 이번에는 방수용과 둘이었다.

"채 선생."

방수용이 가까이 다가왔다. 그가 윤도의 귀에 대고 나지막이 속삭였다.

"지도자 동지께서 결단을 내려주었습네다. 곧 시작될 2차 특사 회담부터 선생의 뜻이 반영될 것으로 봅네다."

"정말입니까?"

"제가 약속합네다. 지도자 동지께서도 아들의 회생에 의미를 부여하고 싶어 하더군요. 아들이 위독한 동안 만감이 교차한 모양입네다. 선생께서 성공하시고 남측 정권과 교감이 맞는다면 아마도 세계가 놀랄 만한 결과를 낳게 될지도 모릅네다."

세계가 놀랄 만한 결과.

그 말이 윤도의 사기를 바짝 높여놓았다.

8. 혼신, 그 위의 혼신

"채 선생."

윤도가 김광요를 만났다. 호텔 로비였다. 약침을 준비한다는 이유로 돌아온 호텔이다. 손병수와 김진걸 등의 특사는 보이지 않았다.

"두 분은요?"

"방금 2차 회담장으로 떠났습니다."

"분위기가 바뀌었습니까?"

"급변했습니다. 어떻게 된 겁니까?"

김광요가 물었다. 잔뜩 고무된 표정이다.

"미리 말씀 나눈 대로였습니다."

"그럼 환자가?"

—지도자의 외아들이더군요.

윤도가 필담으로 답했다.

"체크가 끝났습니다. 도청은 없는 것 같으니 그냥 말씀하셔도 됩니다."

김광요의 손가락이 동그라미를 그려 보였다. 안전하다는 의미. 윤도는 종이를 치워 버렸다.

"굉장히 위독합니다. 아니, 이미 죽은 송장이라고 봐도 무방합니다."

"송장?"

김광요가 소스라쳤다.

"목숨이 딱 한 가닥 남아 있더군요. 혼신을 다해 몇 가닥 더 보태놓고 오는 길입니다."

"그 아이를 치료해 달라는 조건입니까?"

"그렇습니다."

"채 선생."

"식물인간이나 뇌사에 못지않은 상태입니다. 치료를 장담하지는 못합니다. 그저 최선을 다할 뿐."

"이런!"

윤도가 가방을 열었다. 약침들이 보였다. 저 홀로 폭주하는 간과 할퀴고 찢겨진 경맥들. 윤도는 그에 합당한 약침을 골라야 했다.

"가능성은 있는 겁니까?"

김광요가 물었다.

"특사 회담은 어떻게 될 것 같습니까?"

"글쎄요. 일단 상대방 테이블이 최상급으로 격상된 것만큼은 분명합니다. 하지만 성과는 결국 이쪽 지도자의 의지에 달린 거지요."

"우리 측 카드는 뭐죠?"

"일단은 남북 정상회담이죠. 그 의제는 비핵화, 남북 평화 선언, 남북 직항 항공편 운영, 개성공단 재개, 문화 예술 교류 등이 큰 그림입니다. 나머지는 세부 사항으로 들어갈 것으로 압니다."

"제가 서둘러야겠군요. 어차피 옵션으로 걸린 것이니."

"채 선생……."

윤도가 집어 든 건 사기를 다스리고 기혈의 조화를 이루는 약침액이었다. 사기만 몰아내면 나머지는 장침과 나노침으로 해결될 것 같았다.

"미안합니다. 이렇게 큰 짐을 지게 해드려서."

김광요가 고개를 숙였다.

"차장님."

"예?"

"저는 그저 환자를 구할 뿐입니다. 그러니 남북은 차장님과 특사들이 구해주세요. 제 말은 마침내 북한의 초고위층과 마주할 기회를 가졌으니 어떻게든 성과를 거두시라는 겁니다. 제가 한꺼번에 두 가지를 할 수는 없습니다."

윤도의 목소리는 담담했다. 그러나 강철보다 무게가 실린 말이었다. 김광요는 그 말에 압도되었다. 어떤 위기 앞에서도 초연한 대한민국 대표 명의 채윤도. 그는 촌철살인 같은 말을 남기고 타고 온 앰뷸런스에 올랐다.

"채 선생님의 마지막 말, 의미심장하군요."

뒤에 선 박 과장이 고개를 끄덕였다.

"그렇지?"

"채 선생님의 뜻이 회담 테이블에도 잘 반영되었으면 좋겠습니다."

"그렇게 될 거야. 두 분 특사도 죽기 아니면 살기로 나가셨으니까."

김광요의 두 눈에 염원이 이글거렸다. 협상 테이블과 윤도의 진료대. 두 곳의 성과를 바라는 절실한 마음이다.

애애애앵!

윤도의 앰뷸런스에 속도가 붙었다. 출발과 동시에 걸려온

긴급 전화 때문이다. 동행자가 넘겨준 북한 핸드폰을 받았다. 차평재였다.

"더 달려요!"

윤도가 재촉했다. 뇌리 안에 차평재의 다급한 목소리가 메아리쳤다.

"환자에게 이상이 생긴 거 같습네다. 빨리 좀 와주셔야겠소이다."

이상!

겨우 회복의 조짐이 보이던 지도자의 외아들. 그리하여 남북의 특사 회담이 새 판을 짜고 있는 상황. 그런 차에 이상이라니? 만약 급박하게 숨이라도 거둔다면 특사 회담 테이블 역시 판을 덮을지 모른다.

"선생님!"

앰뷸런스가 도착하자 간호사가 두 팔을 휘저으며 위치를 알렸다. 병원 문이 저절로 열렸다. 직원들이 양쪽에서 연 것이다. 병원은 이미 비상 대기 상태였다. 엘리베이터 역시 윤도를 기다리고 있었다. 간호사와 함께 탑승했다.

"채 선생!"

차평재는 복도까지 나와 있었다. 그 뒤로 원장과 의료진이 보였다.

“어떻게 된 겁니까?”

윤도가 물었다.

“중간중간 맥을 체크하고 있었습네다. 그런데 갑자기 덜컥 하는 느낌이 오지 뭡네까? 환자가 워낙 위중하다 보니 채 선생의 대응이 필요해서 말입네다.”

걷는 사이에 병실 문이 열렸다. 윤도가 안으로 들어섰다. 서둘러 맥을 체크했다.

“……!”

윤도의 눈빛도 맹렬하게 흔들렸다. 경맥 전반의 부조화였다. 몇 개는 안정화 단계로 가지만 또 몇 개는 순환장애로 허덕였다. 그것들이 앞서거니 뒤서거니 꼬이면서 불협화음을 높이고 있었다. 원혈 네 개를 잡아 다른 경맥과의 보조를 맞췄다. 한참 후에야 12경맥의 빨간불이 꺼졌다.

‘후우!’

내친김에 다른 문제를 탐색했다. 찜찜함으로 남은 머리 쪽이다.

‘심장…….’

전신의 질환을 뒤지던 윤도, 첫 타로 잡아낸 게 심장의 이상이다. 급성심부전의 기미였다. 오장의 폭주로 인한 부작용이었다. 진단 탐색을 조금 더 상체로 올렸다.

'눈…….'

시신경도 망가졌다. 이 또한 간의 폭주로 인한 부작용의 하나였다. 간은 눈을 관장한다. 사기가 폭발적이었으니 예민한 시신경에 대미지를 준 것이다.

'이 정도면 그나마 다행?'

그렇게 긴장의 끈을 놓으려는 순간, 덜컥 사나운 기세 하나가 감지되었다.

'뇌?'

윤도의 이마에 선뜻한 냉기가 맺혔다. 머리카락도 우수수 일어섰다. 착각이 아니었다. 오장육부 부조화의 폭풍 속에서도 아스라한 느낌으로 오던 사기. 결코 기우가 아니었다.

뇌!

저 깊은 심연 속의 치명적인 덩어리 하나가 감지되었다. 그 기원은 오래되지 않았다. 작은 흔적이던 것이 이번 전격으로 인해 완전한 병소가 된 모양이다. 진단 결과는 뇌종양이었다.

간장이 폭주하는 동안 외부에서 들어온 병인이 통제되지 않았다. 그 치명적인 상황이 환부에 쌓이며 질병의 씨앗을 발아시킨 것이다.

급성심부전과 시신경 이상.

그것도 작은 병은 아니다. 그러나 뇌종양에 비하면 아무것도 아니다.

'채윤도.'

헐렁해지는 마음을 추슬렀다. 가장 어렵던 때를 생각했다. 중국 어선과 해경들의 참사이다. 베이징에서 죽어가는 어린 환자들이다. 그 아비규환과 지옥의 현장에서도 윤도는 해냈다.

'거기 비하면 아무것도 아니지.'

마음이 머리에 명령을 내렸다.

고민보다 장침 출격.

난관은 고민 따위로 해결될 일이 아니었다.

"시신경이 위태롭습니다. 급성심부전도 예상되고요."

차평재를 돌아본 윤도가 침통을 열었다. 시신경 이상을 방치하면 한쪽 눈을 실명할 수 있었다.

외눈.

지도자가 좋아할 단어가 아니다. 내장 기관의 상해라면 모를까, 눈의 실명이다. 회복이 된다고 해도 부모 마음이 아플 일이다.

장침이 출격했다. 첫 침은 관원혈로 들어갔다. 이 환자에게는 관원혈이 시신경과 직통이었다. 뜨끈한 화침으로 광명 색소와의 연결 부위에 똬리를 튼 염증을 공략했다. 기세가 부족하므로 침 하나를 더 찔렀다. 염증의 사기가 녹아나기 시작했다.

'후우!'

숨을 돌리고 다음 시침에 돌입했다. 이제는 전중혈이다. 그 또한 화침이다. 세밀하게 침감을 넣었다. 울컥거리며 위태롭게 순환하는 심장의 혈액. 그 정체 장소에 맺힌 사기를 공략했다. 몇 번의 공략 끝에 혈액의 흐름도 순탄하게 만들었다.

"심부전과 시신경 문제는 대략 잡았습니다."

윤도가 숨을 고르며 말했다. 환자의 혈색은 다시 안정을 찾고 있었다.

"전격적인 것이라 위험할 뻔했는데 치료 시간은 번 것 같습니다."

"채 선생……."

차평재가 고개를 들었다. 그의 의문은 아직 하나가 남아 있었다. 윤도가 짚은 혈자리를 아는 까닭이다.

"아시는군요."

"……."

"맞습니다. 한 가지가 더 남았습니다."

윤도가 고백했다.

"그건 뭐죠?"

"그건……."

윤도는 잠시 말문을 닫았다가 다시 이어놓았다.

"뇌종양입니다."

"뇌종양?"

차평재의 얼굴에서 핏기가 싹 가셨다.

"원래 환자에게 조짐이 있었을 겁니다. 두통이나 속이 울렁거리는 등 말입니다. 그 발단이 간이 폭주하는 동안에 사기의 힘을 받아 병으로 자리 잡고 말았습니다."

윤도의 말에 차평재의 시선이 의료진 쪽을 향했다.

"그런 증상이 있었습니다. 하지만 뇌 단층 촬영에서는 큰 이상이 보이지 않았고 간 합병증이 워낙 위태했기에 그쪽으로 포커스를 잡다 보니……."

의료진이 답했다.

"그때는 종양이 흔적 정도였을 겁니다. 하지만 이 난리를 겪으면서 초급성화되었습니다. 여기 이 부분을 확인해 보세요. 하필이면 전두엽과 측두엽, 두정엽이 만나는 삼각 경계 부분입니다."

당장 뇌 초음파가 실시되었다. 종양의 위치가 증명되었다. 해부학적으로도 최악의 위치였다. 혈액검사로도 확인이 되었다. 처음 입원했을 때는 없던 현상이다. 전두엽과 측두엽, 그리고 두정엽의 삼각 경계 부분…….

침묵.

무거운 침묵이다. 다들 할 말을 잃었다. 실내 분위기가 참담하게 내려앉았다.

전두엽만 해도 부담스러운 침술이다. 조금이라도 손상을 받으면 기억력이 떨어지고 우울증과 망상장애까지 올 수 있는 부위였다. 그런데 측두엽과 두정엽까지라니.

사실 대다수 악성 뇌종양은 수술조차 불가능한 경우가 많았다. 이 케이스도 그런 쪽이었다. 그렇다면 기혈 부조화의 위기를 벗어난다고 해도 큰 의미가 없었다.

뇌종양.

언젠가는 터질 또 하나의 핵폭탄.

현재의 상태만 해도 벅찬 윤도에게 또 하나의 난제가 던져졌다.

새로운 문제는 바로 지도자에게 전해졌다. 전화 속의 지도자가 윤도를 찾았다.

―채 선생.

"……."

―우리 장철이에게 복합 부작용이 나타났다고 들었네만?

"유감스럽게도……."

―시신경과 심부전을 찾아 해결하셨는데 뇌종양도 있다고?

"……."

―고칠 수 있는 건가?

"어렵지만 숨이 끊어지지 않은 한 희망은 남아 있는 셈입니다."

—부탁하네. 어떻게든 살려만 주시게. 그럼 내가 채 선생 은혜를 잊지 않을 테니.

"최선을 다해보죠."

윤도가 전화를 끊었다. 지도자는 무조건적인 지원을 명령했다. 공화국의 모든 자원을 가져다주더라도 아들을 살리라고 했다. 하지만 지금 환자에게 필요한 건 공화국의 모든 것이 아니었다. 환자에게 필요한 건 오직 하나.

'네 의지와 내 침의 의지.'

살려는 의지와 살리려는 의지. 두 의지가 하나의 접점에서 만나야 했다.

장침을 뽑아 든 윤도가 환자를 바라보았다. 신의가 있다 해도 환자에게 살 의지가 없으면 소용없다. 환자가 발버둥을 쳐도 한의사가 무능하다면 그 또한 소용없었다.

탁장철.

나는 알고 있어.

넌 살고 싶지?

그러니까 아직 목숨으로 남은 거겠지.

그렇다면 우리 최선을 다해보자.

너는 나를 믿고 나는 너를 믿고.

어쩌면 우리 둘의 믿음이 오랜 냉전의 남북 관계까지도 살릴 수 있을지 몰라.

너만 살아나는 게 아니거든.

탁장철!

준비됐어?

벼리고 벼린 윤도의 치료 침이 출격했다. 어느 때보다도 비장하고 숭고한 침이었다. 사관혈을 열고 신주와 명문혈을 차례로 열었다. 환자는 어린아이. 그렇다면 기혈 강화도 기해혈보다 신장혈이다. 신장에 남은 태초의 생기를 긁어모았다. 단전에 시침했다. 약간의 도움은 되지만 경맥을 안정시킬 정도는 아니었다. 이번에는 양지와 중완, 백회혈을 찔렀다. 하늘 천기의 힘을 보태는 것이다.

'옳지.'

침감에 힘이 실렸다. 넉넉지 않지만 잔존 사기와 대결할 만했다. 기혈이 조금 상승되자 태충혈을 찔렀다. 그게 제대로 먹혔다. 간근 관련 질환에 요긴한 혈답게 간의 잡기를 눌러 버린 것이다. 몇 바퀴 돌린 후 맥을 확인했다. 사기의 찌꺼기가 사라지고 있었다.

팔회혈과 12원혈.

둘을 놓고 저울질을 했다.

'팔회혈.'

윤도의 승부수는 팔회혈이 되었다. 팔회혈은 장부와 오체, 즉 장, 부, 기, 혈, 근, 맥, 골, 수의 기가 집합하는 경혈이다. 장회, 부회, 기회, 혈회, 근회, 맥회, 골회, 수회로 불린다. 대표 혈자리는 장문과 중완, 전중, 격수, 양릉천, 태연, 대저, 현종혈이다.

오장과 육부의 질환에 더불어 호흡기 질환, 순환계 질환, 뼈와 골수의 이상, 기병까지도 아우를 수 있는 경혈이다. 장침이 빛살처럼 출격했다. 팔회혈을 잡는 데 걸린 시간은 채 2분도 되지 않았다. 전체 침감은 근회에서 조절했다. 하나로 다스리는 여덟 혈의 침감. 그건 차평재조차도 꿈꾸지 못할 상상 너머의 시침이었다.

우우웅!

침들은 저마다의 울림을 냈다. 그 울림의 파장은 여덟이 각각 달랐지만 인체로 퍼져가는 느낌은 하나였다.

평온.

조화.

안정.

세 단어로 축약된 기의 파장이 상초, 중초, 하초의 구분 없이 물들어 나갔다.

천지인의 삼위일체.

그게 거기 있었다. 윤도의 정성과 장침의 침감, 마침내 환자의 기혈이 하나가 되자 몸에 생기가 맺히기 시작했다.

처음에는 사지말단이었다. 머리와 양손, 그리고 양발. 그 생기가 오장을 거쳐 간으로 모여들었다. 간의 역할은 더 이상 사악한 흡수가 아니었다. 비로소 환자의 간으로 변한 간. 오장이 보낸 기혈을 부드럽게 쓰다듬으며 인체 전체의 경혈과 혈관으로의 순환 작업을 감당했다. 환자를 죽이려던 사기는 한 올도 딸려 있지 않았다.

환자 탁장철.

체온이 정상으로 돌아왔다.

오장도 정상으로 돌아왔다.

혈색도 그랬고 맥도 그랬다.

"쉬잇!"

놀란 간호사가 수화기를 들자 차평재가 그녀를 막았다. 높은 사람들에게 알리는 게 중요하지 않았다. 더구나 윤도에게 방해가 되어서도 안 될 일이다.

채윤도.

마침내 회복의 물꼬를 텄다. 차평재는 환자의 입술만 보고도 알았다. 윤기가 돌아온 것이다. 그렇다면 채윤도. 이제 오장직자침을 쓸 것인가? 그것도 환자의 뇌에? 차평재가 긴장하는 순간, 윤도는 다른 답을 내놓았다.

"잠시 쉬겠습니다."

"채 선생……."

"뇌종양 시침입니다. 어깨와 팔의 긴장을 풀어야 할 것 같습니다."

"채 선생……."

"밖의 정원 좀 산책해도 될까요?"

"물론이오."

차평재가 답했다. 윤도가 복도로 나왔다. 방수용과 한길상, 원장 등의 고위층 시선이 쏠려왔다.

"채 선생."

방수용이 다가오는 순간 간호사가 문을 박차고 나오며 소리쳤다.

"환자 상태가 정상으로 돌아오고 있어요!"

"뭐야?"

놀란 한길상과 원장 등이 안으로 뛰었다. 복도에 남은 건 방수용뿐이었다.

"채 선생……."

"뇌종양 시침이 남았습니다. 기혈이 정상으로 돌아갈 시간도 필요하고… 해서 바람이나 좀 쏘일까 합니다. 허락하시겠습니까?"

"당연하죠. 어디라도 상관없습니다."

방수용이 창밖을 가리켰다. 윤도는 정원으로 걸어 나갔다. 병원 정원은 한가했다. 휠체어를 탄 환자들과 가족들이 보였다. 서울의 풍경보다는 조금 바래 보이지만 크게 다르지 않았다.

평양.

그래도 다른 나라와는 느낌이 달랐다. 같은 민족이라는 건 확실했다. 그 대업의 시작이 되고 있는 장침. 지친 어깨에 다시 힘이 돌아왔다.

휴식을 끝냈다. 단기간에 부쩍 악화된 뇌종양이었다. 더구나 환자의 인체 환경이 다시 바뀐 상황. 순이든 역이든 잦은 변화는 질병에 독이 될 수 있다. 그만큼 예측 불허였기에 이쯤에서 매조지에 돌입하는 게 옳았다.

짝짝짝!

로비에 들어서자 병원 의료진이 박수를 보내왔다. 한 줄로 늘어선 의사와 간호사의 숫자가 20명이 넘어 보였다.

"수고하셨소."

병실 환자를 보고 나온 한길상이 대표로 윤도를 치하했다.

"아직 끝난 게 아닙니다."

"알고 있어요. 하지만 기적은 이미 시작된 거 아닙니까?"

"……."

"지금 설미리 동무께서 달려오고 계십니다. 차평재 동무 말로는 뇌종양 시침이 남았다고 하던데, 그 또한 잘 부탁드립니다."

"예."

대답을 하고 돌아섰다.

짝짝!

응원의 박수가 다시 쏟아졌다.

병실에 들어서서 손을 씻었다. 소독도 했다.

충분히 역할을 한 장침은 발침해 냈다. 환자의 이마에서 땀이 줄줄 흘러내렸다. 나올 것은 나오고 들어갈 것은 들어가야 하는 법이니 밖으로 나온 땀이 흘러내리는 건 좋은 현상이었다.

열은 미열이었다. 그 또한 좋은 징조였다. 환자의 몸에는 이상이 있다. 아까는 장침 덕분에 잊었다지만 몸에 이상이 있으니 열이 나야 정상이다.

마무리.

언제나 여기가 힘들다. 오늘은 특히 그렇다.

더구나 뇌종양.

무려 뇌종양…….

활육문과 삼초수혈을 찔렀다. 열이 내려갔다. 침빨은 제대로 먹혔다. 이제 본격 치료에 돌입했다. 합곡과 태충혈을 찔러 기의 순행을 도왔다.

순행이다. 다시 확인해도 명백한 '순행'이었다. 양곡혈과 해계혈, 합곡과 족임읍혈을 도모해 기혈의 회복도 도왔다. 오랜 투병으로 위가 비었기에 감안한 조치였다. 합곡과 태충혈의 기가 팔회혈을 타고 전신 경락을 돌았다. 여차하면 임맥과 독맥까지 취할까 했지만 그만두었다. 정, 기, 혈, 진액의 기세가 이 정도면 착했다.

딸깍!

다른 침통을 열었다. 은빛의 나노침이 나왔다. 어느 때보다도 숭고한 은빛이다. 손목을 짚어 뇌종양의 위치를 확인했다. 혹시 모를 실수 방지를 위해 왼손 검지 마디의 맥을 함께 체크하는 것도 잊지 않았다. 급할수록 기본이 중요했다.

"꿀꺽!"

긴장의 침은 차평재가 대신 넘겼다. 그의 손에는 초음파와 MRI 사진이 들려 있었다.

"꿀꺽!"

침이 쉬지도 않고 넘어갔다. 방해가 될까 봐 참으려 하지만 극렬한 긴장감 때문에 제어가 되지 않은 것이다.

"신의 영역입니다."

북한 최고 뇌 전문 의학자의 말이 차평재의 귀를 뚫고 갔다.

"여기는 침이 들어갈 수 없는 구조입니다."

다른 전문가도 공감했다.

"차라리 이 상태로 회복시켜서 살 수 있을 만큼이라도 사는 게……."

대안 의견도 침술 불가 쪽이었다.

—침술 불가.

병원 측은 당 간부들의 의견을 거쳐 설미리와 지도자에게 의견을 전달했다. 그 의견에 대한 자문은 다시 차평재에게 돌아왔다.

"동무 생각은 어떻소?"

지도자의 질문이다.

"저는 채윤도 선생을 믿습네다. 불가한 자리에 침을 놓을 사람은 오직 채 선생뿐입네다. 그의 오장직자침을 직접 맞은 사람으로서 드리는 말씀입네다."

차평재는 일말의 주저도 없었다.

인민의 영웅 차평재. 기적적인 회복 후에도 공화국의 수많은 인재를 살려낸 사람. 그가 인정하는 남한의 명의 채윤도. 지도자는 차평재 쪽으로 콜을 맞추었다.

뇌종양.

정확히 말하면 뇌 신경섬유종에 가까웠다. 형태로는 신경섬유종에 가깝고 종양으로는 악성 판정이 난 까닭이다.

뇌종양은 종류가 다양하다. 그 가운데서도 신경섬유종은 희귀한 동시에 난해했다. 신경섬유종 안에서조차 분류가 필요할 정도였다. 예후는 매우 불량하고 치료도 어렵다. 그럼에도 불구하고 조직학적으로는 양성 종양에 속한다. 암 보험에 들더라도 외면받는 근거가 된다. 그런데 이 환자의 종양은 특이하게도 악성 판정이 났다. 그래서 한 레벨 더 난해한 종양이다.

신경섬유종은 뇌가 아닌 부위에 발병해도 골 때리는 질환이다. 하물며 뇌에 발생했을 때는 비교 불가였다. 생명을 직접 위협하는 건 물론이고 신경을 압박하여 심각한 합병증과 후유증을 유발할 수 있는 골칫덩어리였다.

위치는 삼엽의 경계. 사이즈는 0~5㎜부터 102㎜까지 네 가지 사이즈의 병소.

'가자.'

윤도의 각오와 함께 첫 나노침이 출격했다. 약침을 묻히지 않은 생침이다. 이는 섬유종을 고정시키기 위한 시침이었다.

"……!"

차평재의 시선에 짜릿한 전류가 스쳐 갔다. 오장직자침. 그러나 공을 들이는 건 자침 자리의 긴장을 푸는 왼손뿐이었다. 윤도가 찜한 혈자리는 솔곡혈, 천충혈, 부백혈, 승령혈 부근이었다. 넷 다 귀 위쪽 언저리의 혈자리. 거기서 뇌섬엽의 중앙을 찌른다는 건 신이 아니고는 꿈꾸지 못할 일이었다.

'과연…….'

차평재가 긴장하는 찰나에 나노침이 머리를 뚫고 들어갔다.

쑥!

그야말로 쑥이었다.

"……"

윤도의 집중은 이제부터가 시작이었다. 침 끝이 섬유종에 닿은 것이다. 예상대로 탱글탱글해 침을 밀어냈다. 조금씩 어르며 이때다 싶을 때 침을 밀어 넣었다. 한가운데는 아니지만 적중했다. 나머지 세 침도 과정은 같았다.

다시 네 개의 나노침을 뽑았다. 이번에는 약침이었다. 성분은 오직 국내산 약재. 그러나 그 힌트는 산해경의 영약이 바탕이다. 산해경에 많은 종기의 영약을 쓰면서 질병과 반응하는 약효의 진액만을 모아 재배합해 구성한 약침. 서울에서도 환자들에게 좋은 효과를 보았다. 산해경의 영약은 이 반응을 고려해 투입할 생각이다.

그런데…….

하늘은 스스로 돕는 자를 돕는 것인가? 약침빨이 제대로 받았다. 첫 침이 들어가기 무섭게 섬유종의 중심이 헐거워지는 게 느껴졌다. 중심의 덩어리가 녹아나기 시작한 것이다.

'젠장!'

칼날 같은 긴장감이 백배 상승했다.

왜 그럴까? 약침빨이 잘 받는데 윤도는 왜 긴장하는 걸까? 그건 병소가 뇌 안이기 때문이었다. 워낙 민감한 곳이니 급격한 반응은 위험천만했다. 자칫하면 뇌세포를 녹일 수 있었다.

약침은 오직 섬유종만 녹여야 하는 것이니 인근의 전두엽이나 뇌혈관까지 녹인다면 상상 불허의 부작용을 불러올 것이다.

Slow, Slow.

그게 필요했다.

침 하나하나마다 세밀한 주의를 기울였다. 침감을 넣고 푸는 보사하고는 차원이 다른 집중력이다. 이제의 환자와 하나가 되어야 했다. 침과 하나가 되어야 했다. 미세함과의 싸움, 오직 혼신으로 조절하는 침감. 그것은 침을 모르는 사람은 알 수 없는 처절한 사투였다.

혼신 위의 혼신.

윤도는 그곳에 이르렀다. 이마를 타고 흐르던 땀조차 멈췄다. 삼라만상이 윤도의 침 끝에서 경지를 이룬 상태. 거기에 이르고서야 겨우 반응의 강약 조절이 되었다.

'후어.'

안도의 숨 또한 차평재가 대신 쉬었다. 또 하나의 위기를 넘긴 걸 아는 그였다.

발침.

첫 번째 약침을 뽑아냈다. 가장 작은 사이즈의 섬유종에 들어간 침이다.

발침.

두 번째는 오히려 큰 섬유종이 먼저 녹았다. 크기만으로 판단했다면 대형 사고가 날 뻔한 상황이었다. 세 번째 나노침에 이어 네 번째 약침도 종양 밖으로 나왔다. 마지막 침이 나오는 순간 윤도의 전신에 벼락같은 현기증이 달려들었다.

헤이!

전정기관 깊은 곳에서 메아리 소리가 들렸다.

헤이, 채윤도!

환청을 따라 윤도가 고개를 들었다. 백발이 성성한 사람들이 거기 있었다. 의복은 모두 옛날식이었다.

이리 오거라.

앞줄의 노인이 손짓했다. 윤도가 일어섰다. 풀린 다리라 힘이 들어가지 않았다.

마시거라. 고생한 너에게 내리는 상이니.

노인이 내민 건 표주박의 물이었다. 목이 말라 받아 들었다. 시원하게 원샷을 했다. 다 마시고도 아쉬움이 남아 표주박을 보았다. 표주박에 남은 건 검은 물이었다. 그때 헤이싼시호의 그 물. 윤도가 고개를 들자 노인이 윤도를 안았다. 노인의 옷이 남루하고 더럽게 변했다. 그때 그 노인이었다. 명의순례 때 아이의 치료를 부탁하던 그 노인.

“어르신.”

윤도가 손을 내미는 순간, 세상이 하얗게 변해 버렸다.

"채 선생."

다시 노인의 목소리가 이어졌다. 이번 소리는 귀에 익었다. 눈을 뜨자 노인이 시야에 들어왔다. 차평재였다. 그의 손에 장침이 들려 있었다.

"정신이 들었소?"

차평재의 목소리가 귀를 차고 들어왔다. 고개를 돌리니 더 많은 사람들이 보였다. 손병수와 김진걸, 김광요 등의 특사단이다.

"푹 자셨소?"

김광요가 물었다.

"어떻게 된 거죠?"

"하루 반 정도 잤어요. 환자 치료 끝난 후에."

"차 선생님, 환자는요?"

윤도의 시선이 차평재에게 건너갔다.

"잠깐만요. 그렇잖아도 채 선생이 잠에서 깨면 연락을 달라고 했습니다."

차평재는 북한 핸드폰을 들고 있었다. 잠깐 통화를 한 그가 전화기를 놓았다. 그러자 복도 쪽에 잠시 소란이 일었다.

똑똑!

노크가 들리자 간호사가 문을 열었다. 먼저 들어선 건 휠체

어였다.

"직접 보시죠."

차평재가 휠체어를 가리켰다. 거기 앉은 환자는 어린이였다. 그가 누군지 한눈에 알 것 같았다.

'탁장철……'

아이를 미는 사람은 지도자와 설미리였다. 그들이 몸소 아이를 밀고 있었다.

"채 선생."

지도자가 다가왔다. 윤도가 상체를 일으켰다.

"아아, 그냥 편하게 누워계시오. 몸은 좀 어떤가?"

"괜찮습니다."

"선생님께 인사해야지?"

설미리가 아들과 눈높이를 맞추며 말했다. 아이가 윤도에게 꾸벅 고개를 숙였다.

"상태가 현저히 좋아졌습니다. 수삼 일 지나면 보행도 가능할 것 같아요."

차평재가 부연했다. 윤도가 아이 볼을 쓰다듬었다. 여기서는 귀하디귀한 지도자의 아들. 그러나 윤도에게는 치열한 과정을 거쳐 살려낸 환자일 뿐이다.

"손 좀 볼까?"

윤도가 아이를 바라보았다. 아이는 얌전히 손을 내주었다.

손목의 맥을 보았다. 이 순간에도 윤도는 한의사였다. 환자를 걱정하는 한의사.

왼손 검지 마디의 핏줄도 확인했다. 오장의 기는 거의 정상이었다. 간의 기혈은 다르지 않았고 뇌의 사기도 느껴지지 않았다.

"어떤가?"

지도자가 물었다.

"이제 가료만 하면 될 것 같습니다. 탕약 처방은 곧 내드리겠습니다."

"그러시게."

"탁장철?"

윤도가 아이를 바라보았다.

"네?"

"고맙다. 잘 버텨줘서."

"저도 고맙습네다."

아이가 윤도의 말을 받았다. 지도자와 설미리의 입가는 미소로 가득했다.

"다시 한번 고맙습네다. 선생님을 오래 잊지 않을 겁네다."

설미리의 인사를 끝으로 휠체어가 방향을 돌렸다. 차평재 역시 가벼운 인사와 함께 지도자를 따라 나갔다.

"채 선생."

특사단이 다가섰다.

"일은 잘된 건가요? 분위기를 보면 그런 것 같기도 하고……."

"당연하죠. 채 선생 덕분에 마침내 남북 화합의 길이 열렸습니다."

김광요가 웃었다.

"회담이 잘 끝났군요?"

"그래요. 남북 정상회담은 조건 없이 합의되었고 이쪽 지도자의 특단의 지시로 비핵화와 평화 협정까지 전향적으로 논의하기로 했습니다. 친서까지 전해 받았고요."

"아!"

윤도의 머리가 확 맑아졌다. 남과 북의 화합. 그거라면 사생결단으로 환자를 구한 보람이 될 만했다. 윤도가 바라보자 김광요가 주먹을 쥐어 보였다. 특사들도 뒤를 따라 주먹을 쥐었다.

우리가 해냈소.

그 뜻이다.

〈남북 정상회담 합의〉

〈남북 평화 협정 체결 실무 회담〉

〈남북 직항 개설 합의〉

〈비핵화 원칙 합의〉

〈문화 예술 교류 실시〉

〈개성공단 두 배로 증설 합의〉

〈남북 교환학생 제도 합의〉

특종.

특종.

특종!

방송과 신문에 지면이 모자랄 정도로 남북 화해 무드의 특종이 쏟아졌다. 남에서 회견을 하면 북한 방송이 화답했다.

남으로 오라.

북으로 오라.

우리가 간다.

너희도 오라.

남북은 이제 완전한 해빙 모드에 접어들었다. 과거에 반복되던 정략적, 전략적 제스처가 아니었다. 풍계리 핵실험장 굴착 작업 중단은 물론 갱도 굴착 작업도 사라졌다.

이러한 사실은 북한의 지도자가 직접 확인해 주었다. 방송에 출연해 한국의 대통령이 천명한 제의에 대해 전격 확인해 준 것이다.

전격적인 남북의 대화 무드.

세계적인 전문가들이 분석에 나섰지만 그들은 알지 못했다. 그러나 냄새를 맡은 사람이 하나 있었다. 바로 성수혁 기자였다. 그는 윤도가 며칠 한의원을 비운 것을 알았다. 안미란까지 동시였다. 처음에는 둘이 함께 중국 왕진을 간 것으로 알았지만 그게 아니었다.

—이번 남북 화해 무드, 선생님 연출이죠?

전화를 걸어온 그는 단 한 마디만을 물었다.

"연출까지는 아니지만 조연 정도는 한 것 같습니다."

윤도가 자수했다. 성수혁은 더 이상 캐묻지 않았다. 윤도와의 사이에 형성된 케미 때문이다.

소의치병(小醫治病), 중의치인(中醫治人), 대의치국(大醫治國)이다. 의사는 병을 고치고, 명의는 사람을 고치며, 신의는 나라를 고친다는 뜻. 윤도라면 그걸 해낼 능력이 있었다. 성수혁은 믿어 의심치 않았다.

대신 성수혁은 다른 건수를 잡았다. 바르는 탕약의 미국 FDA 승인과 특허 인증이다. 윤도와 류수완이 제일 먼저 소스를 준 것이다.

강외제약의 주가는 다시 한번 천장을 뚫었다. 이제는 산성전자 못지않은 가격을 형성하는 강외제약이다. 제약회사 쪽에서 대장주가 되었다. 류수완은 그 열매를 독식하지 않았다.

—일침 침술 특화 한의대학생 전원 학비 면제, 장학금 지원!

그가 선언했다. 그렇잖아도 '윤도 한의학상'을 제정해 싹수 있는 한의사를 지원하던 그. 이제는 윤도가 설립하는 한의대학에까지 적극 동참과 지원을 선언하고 나섰다. 덕분에 윤도의 한의대학은 설립하기도 전에 폭풍 관심의 대상이 되었다.

강외제약의 약진은 윤도와 불가분의 관계였다. 윤도의 재산 역시 천문학적으로 늘었다. 그동안 차곡차곡 쌓인 주식. 윤도는 이제 12%의 지분을 가진 대주주였고, 특허료까지 더하면 중국의 신흥 갑부들이 부럽지 않을 정도였다.

이 주에 놀라운 일들이 파노라마로 이어졌다. 다음 이슈는 안미란이었다. 중국 명의순례를 다녀온 그녀가 확 변해 버린 것이다. 그 증거는 침술에서 나왔다.

"한번 해보실래요?"

밀린 환자를 치료하던 윤도가 그녀를 돌아보았다. 중국에 가기 전과 달리 의욕과 자신감이 넘쳐 보인 까닭이다. 혈자리는 풍부혈이었다. 자신감 부족으로 늘 호침을 잡던 안미란. 주저 없이 장침을 집어 들었다. 그녀의 침은 제법 안정된 각도로 들어갔다.

고황혈도 그랬다. 일반적인 침술이라면 폐를 손상할 위험이 도사리는 고황혈 자리. 이 혈자리는 흉추 극돌기 사이의 외측으로 간겹골의 내연에 위치한다. 상층에 승모근, 하층에 대릉형근이 있고, 경횡동맥과 늑간동맥이 가깝다. 잘못 찌르면 기흉이 될 수 있었다. 견갑배 신경과 흉 신경도 주의해야 한다. 기흉이 되면 호흡곤란으로 사망할 수도 있었다.

그럼에도 그녀의 침은 닥치고 장침이었다.

"안 선생님."

윤도가 고개를 들었다. 안미란이 볼을 붉히며 물러섰다.

"어떻게 된 거예요? 침술이 확 좋아졌잖아요?"

복도로 나온 윤도가 물었다.

"정말이요?"

"당연하죠. 장침도 무서워하지 않잖아요? 중국에서 혹시?"

혹시…….

헤시싼시호의 기연을 만났을까?

"실은 원장님 말대로 노인과 어린아이 커플 병자를 만났어요."

"……."

"생긴 건 노숙자 스타일인데 아이를 업고 와서 다짜고짜 진료를 해달라고 생짜를 부리더라고요."

"그래서요?"

"다들 냄새난다고 진저리를 치는 걸 제가 돌봐주었어요. 아이는 폐가 안 좋고 할아버지는 간질이 있더라고요."

"헤시싼시호는요?"

"거긴 조느라고 잘 모르고 지났어요."

"그럼……."

"침술 말이에요?"

"예."

"이번에 참가한 한의사들이 모두 6개국 사람들이었어요. 첫날 자기소개를 하는 시간에 제가 좀 뒤집어놓았죠. 대한민국 채윤도 한의사 수제자라고 하니까 다들 난리더라고요."

"안 선생님……."

"사실은 굉장히 후회했어요. 그다음부터 중국 명의로 나온 강사들까지 저보고 침술 좀 보자고 하는 통에 말이에요."

"……."

"그러니 어쩌겠어요? 제 입으로 떠벌린 데다 원장님 제자인 건 사실이니까 이를 물고 총대를 멨죠. 원장님 얼굴에 먹칠하면 안 되잖아요?"

"……."

"대가들 앞에서 침을 놓다 보니 자신감이 확 붙었어요. 명장 밑에 약졸 없다더니 그 말이 맞긴 한가 봐요. 저 아까 많이 안 떨었죠? 게다가 장침이었잖아요."

"안 선생님……."

"명의순례, 정말 잘 간 것 같아요. 다 원장님 덕분이에요."

안미란의 볼에 홍조가 번졌다.

자신감.

안미란이 만난 기연이다. 그녀는 윤도와 갈래가 조금 다른 기연을 만났다.

그날 오후 또 하나의 낭보가 꼬리를 물었다. 침술 특화 한의대의 정식 인가였다.

"와우!"

윤도가 쾌재를 불렀다. 인가가 예정되기는 했지만 그 또한 전격적이었다. 이쯤 되니 축하 회식을 하지 않을 수 없었다. 거하게 회식을 진행했다.

그 자리에서 진경태를 제외한 직원들에게 각 1억 원의 보너스를 쏴주었다. 진경태는 제약회사에서 따로 챙긴 까닭에 빼두었다. 회식 중에 진경태가 어메이징한 선언을 내놓았다.

"우리 곧 결혼합니다."

진경태의 '우리'는 정나현이었다. 두 사람, 윤도의 짐작대로 마음을 주고받고 있던 모양이다.

"원장님, 저 결혼한다고 자르는 거 아니죠?"

정나현이 조크를 날렸다.

"그 핑계로 그만둘 거면 두 사람 영영 찢어지게 저주 침술도 수련할 겁니다."

윤도가 장단을 맞추자 파티장은 웃음바다가 되었다.

"축하의 의미로 두 분 신혼여행 경비는 제가 챙겨 드릴게요."

윤도가 통 큰 인심을 썼다.

"와우, 간단하게 오키나와 정도 다녀올까 했는데 유럽이나 북유럽으로 가야겠네요."

정나현이 반색했다.

"당연히 그러세요. 그동안 고생 많았으니까."

윤도는 기꺼이 추임새를 넣었다.

"그럼 출발합니다."

이날 귀갓길의 대리기사는 윤철이었다. 파티가 끝날 무렵에 와주었다. 자청해서 형님을 모셔간다니 사양할 이유가 없었다.

"형."

도로를 달리며 윤철이 입을 열었다.

"왜?"

"정 실장님, 진 실장님과 결혼한다고?"

"그런단다. 너도 결혼 말 나오냐?"

"나왔으면 바로 했지."

"어라? 이 형을 제치고?"

"칫, 요즘 누가 그런 거 따지나? 게다가 국대 명의 채윤도가 쪼잔하게 그런 일로 핏대 올릴 것도 아니고."

"국대 명의 잘도 팔아먹는구나."

"형."

"왜?"

"그냥 궁금해서 묻는 건데, 이 대표님이랑 진도 많이 못 나갔어?"

"부용 씨?"

"응."

"왜? 우리 안 좋아 보이냐?"

"아니. 알쏭달쏭해서. 어떨 때 보면 하늘이 내린 천생연분 같고, 또 어떨 때 보면 여자 사람 친구, 또 어떨 때는 사업 파트너……. 연애의 달인인 나도 헷갈린단 말이지."

"결론만 말해라."

"결혼 상대야, 비즈니스 파트너야?"

"전자다."

"레알?"

윤철이 돌아보았다.

"내 동생인데 숨길 게 뭐냐? 그동안 자리 좀 잡느라고 고백 묵혀놓았다. 나, 이 정도면 자리 잡은 거 아니냐?"

"격하게 인정!"

윤철이 소리쳤다.

"고맙다."

"형이 왜?"

"누가 그러더라? 영웅도 집에서는 평범한 사람에 불과하다고. 가족에게 인정받는 거, 보통 일이 아니라는 거야. 가족은 늘 함께 지내면서 온갖 잡스러운 일을 다 보게 되니까. 코딱지 파는 것도, 방귀 뀌는 것도… 밖에서 그런 거 하면 사람들이 깨지 않냐?"

"형은 달라. 딱 공중보건의 다녀온 후부터."

"하핫, 아무튼 프러포즈 날짜도 잡아놨으니까 걱정 마라."

"으아, 역시 우리 형!"

"운전이나 똑바로 해라. 차 흔들린다."

"옛썰!"

큰 소리로 답한 윤철이 전방 주시 모드로 들어갔다.

부웅.

윤도의 결심은 서 있었다.

이제는 무엇도 꿀릴 게 없었다. 침으로 치면 왼손으로 혈자리의 긴장은 풀어놓은 셈. 침이 들어갈 준비까지 끝났으니 찌르면 될 일이다.

문자를 보았다.

그걸 위해 주문해 둔 게 있었다. 그녀와 윤도에게 의미 있는 것. 물건은 이틀 후에 도착하게 되어 있다.

그날 윤도는 모교에 강연을 나간다. 그러니까 디데이는 강연 가기 직전이다.

모교…….

학교를 생각하니 마음이 따뜻해졌다.

졸업반 시절, 진로를 앞두고 고뇌하던 캠퍼스. 그곳에서 여전히 윤도처럼 미래를 고뇌할 후배들을 위한 수락이었다.

9. 에필로그—신의 선물!

초록!

아침이 그렇게 밝았다. 윤도가 눈을 떴을 때 보인 색깔이다. 창가의 화분 몇 개에 눈 시린 아침 햇살이 떨어지고 있었다. 피로는 깔끔하게 풀렸다. 인간이란 참 오묘한 존재였다. 의욕으로 질주하면 세상이 아름답다. 그 의욕이 아름다우면 더욱 그랬다.

찬물 샤워로 세포를 깨웠다. 말단의 하나하나까지 다 깨웠다. 어머니가 한방차를 가져왔다.

"마셔."

정다운 목소리와 차향이 고마웠다. 한 모금을 입에 물고 이메일을 열었다. 침술 특화 대학의 설계도 때문이다. 설계도는 참신한 건축가에게 맡겼다. 그 역시 윤도의 환자였다. 심부전 때문에 고생하던 사람. 윤도의 장침으로 호흡의 자유를 얻었다. 이제는 아침 운동도 가능한 그였다. 뛰는 것만으로도 행복하다고 했다.

설계도 시안이 열렸다. 약포지와 탕약, 장침, 약장 등을 형상화한 작품이었다. 시안임에도 윤도의 마음을 후렸다.

"형."

잠시 후에 윤철이 들어왔다. 입에는 칫솔을 물고 있다. 그가 가리킨 곳은 창밖이었다. 기자들이 몇 보였다.

"왜?"

윤도가 동생을 바라보았다. 오늘은 모교 강연 가는 날이다. 북한 지도자의 서울 방문 일정이 잡혔다지만 윤도를 취재할 일은 아니었다.

"진짜 몰라?"

윤철이 치약 파편을 튀기며 물었다.

"모르니까 묻지. 인터넷에 뭐 떴냐?"

"아, 진짜! 노벨상 시즌이잖아!"

"노벨상? 그게 뭐?"

"형이 후보 중의 한 사람이잖아? 노벨의학상. 미국의 앤드류 박사님과 함께.”

“난 또. 야, 꿈 깨라. 그건 한 10년 후쯤이나…….”

“아무튼 어제부터 저래. 형은 못 봤어?”

“어제?”

그러고 보니 한의원에도 기자들 몇이 얼씬거렸다는 말을 듣기는 했다. 서랍 안에 챙겨둔 ‘물건’을 주머니에 찌르고 밖으로 나왔다. 하루의 시작이다.

“선생님, 좋은 꿈 꾸셨습니까?”

기자들이 다가와 물었다.

“아무 꿈도 못 꿨는데요?”

그들이 원하는 답 대신 한방차 팩을 하나씩 나눠 주었다. 어쨌든 윤도 때문에 고생하는 사람들이다. 차에 오르니 부용의 전화가 들어왔다.

—선생님, 저 부용이에요.

“흐음, 또 선생님?”

—어머, 애들이 그렇게 부르다 보니 저도 모르게…….

이름을 부르기로 해놓고도 선생님 모드에 익숙한 부용이었다.

—일찍 일어나셨어요?

그녀의 목소리도 오늘은 초록이었다.

“지금 출발하는 길입니다.”

—저는 조금 전에 도착했어요.

"우와, 벌써요?"

—윤도 씨와 만날 생각을 하니 초등학교 첫 해외여행 가던 날처럼 일찍 깨지 뭐예요? 그래서 일찌감치 와서 자리 잡았어요.

부릉!

시동을 걸기 무섭게 속도를 올렸다. 오늘 아침은 부용과 브런치를 함께하기로 했다. 저녁이 아니라 아침 겸 점심. 파리의 흔한 풍경처럼. 부용의 제안이었다. 그녀는 역시 연예기획사의 대표다웠다. 가는 길에 한 번 차를 세웠다. '물건'에 보탤 것이 있었다.

"윤도 씨."

윤도가 도착하자 부용이 자리에서 일어섰다. 초록 풍경이 가득한 테라스의 그녀. 하얀 블라우스와 검은 리넨의 통 넓은 바지가 환상을 연출하고 있었다.

"늦어서 미안해요."

"천만에요. 제가 윤도 씨 기다리려고 일찍 나온 거라니까요."

"부용 씨가 바쁜 사람이니까 그렇죠."

"아무리 바빠도 기다리고 싶은 사람이 있거든요."

"고맙습니다."

모닝커피가 나왔다. 가벼운 식사도 나왔다. 그때까지도 부용은 청아한 초록 풀잎처럼 보였다. 식사를 마치자 그녀가 작은 상자 하나를 꺼내놓았다.

"뭐죠?"

"윤도 씨가 열어보세요."

안에 든 건 반지를 넣을 수 있는 상자였다. 상자는 예쁘지만 안은 비어 있었다.

"……?"

윤도가 부용을 바라보았다.

"언젠가 제게 선물 하나 하고 싶다고 하셨죠?"

"받고 싶은 거 있어요?"

"뭐든 그 상자를 채워주세요."

부용의 시선이 윤도를 겨누었다. 부드럽고 단아한 눈빛이다.

"이건 제 취향이 아닙니다."

윤도가 상자를 밀었다. 짧은 순간, 부용의 눈동자가 출렁거렸다. 하지만 오래가지는 않았다. 윤도가 품에서 꺼낸 물건 때문이다. 윤도는 그녀의 흔들림이 끝나기 전에 부용의 손을 잡았다. 그녀의 흰 손가락으로 반지가 들어갔다.

"윤도 씨."

"돌아보세요."

"뭐요?"

부용이 고개를 돌렸다. 돌리다가 그대로 멈췄다. 흰 벽 때문이다. 초록이던 테라스가 어느새 흰 세상으로 변해 있었다. 벽의 정체는 장대한 카라꽃이었다. 시원한 흰색에 어리는 초록의 풀빛. 그걸 가져온 사람은 여종업원이었다. 오는 길에 꽃집에서 주문한 꽃을 찾은 윤도, 종업원에게 주며 부탁한 이벤트였다.

"부용 씨."

흰 카라꽃을 받아 들고 부용에게 내밀었다.

"언제든 아플 때 치료해 달라고 하셨죠?"

"네."

"기왕이면 옆에 붙어서 언제든 치료할 수 있기 위해 청혼합니다. 결혼해 주세요."

"윤도 씨……."

"지구별 여행의 단 한 사람의 파트너로 당신이 필요합니다."

"고마워요. 윤도 씨라면 물 없는 사막이라도 함께 걸어갈 용의가 있어요."

부용은 주저 없이 윤도의 품에 안겼다.

"부용 씨."

윤도가 부용을 당겼다. 흰 카라꽃에 묻힌 그녀에게 키스를 작렬했다. 초록 테라스 속에서 하얀 꽃에 싸인 부용. 마치 여

신과의 키스 장면 같았다.

"사랑해요."

윤도가 말했다.

"저도요. 사랑해요."

부용은 이미 윤도와 한마음이었다.

*　　　*　　　*

"채 선생."

모교에 도착하자 아는 얼굴들이 다가왔다. 총장도 있고 학장도 있었다. 한의대 교수진도 모두 나와 윤도를 반겼다.

국가 대표 명의 채윤도 초청 강연회.

한국의 자랑, 우리의 자랑. 채윤도 선배님을 격하게 환영합니다.

곳곳에 걸린 플래카드도 큼지막했다. 이렇게 교정을 돌아보니 새내기 때의 기억이 새로웠다. 어리바리하던 풋내기 한의대생 채윤도. 그때는 실수도 많았다. 실습한답시고 윤철의 혈자리를 엉망으로 찔러대던 침. 오죽하면 침술 봉사를 나갔을 때 요양원 원장까지 울상을 지었을까?

"들어가세. 귀빈들이 많이 오셨네."

총장이 몸소 길을 안내했다. 그는 매우 흡족한 얼굴이었다. 당연한 일이다. 그들에게 있어 윤도는 자랑하고 싶은 0순위의 제자였다.

"채윤도 있지? 내 제자야."

그 자부심은 그들 모두에게 큰 보람이었다.

짝짝짝!

강당에 들어서기 무섭게 기립 박수가 쏟아져 나왔다. 강당은 입추의 여지가 없었다.

펑펑!

기자들도 많았다. 그들의 주 무기도 쉴 새 없이 플래시를 터뜨리며 매 순간을 담아냈다. 돌아보니 낯익은 얼굴이 너무 많았다. 장 박사도 있고 한의사협회 회장도 있었다.

"채 실장."

반가운 얼굴 중에는 TS의 김 전무도 보였다.

"전무님도 오셨어요?"

윤도가 인사를 챙겼다.

"당연하지. 채 실장 강의는 천만 불짜리 아닌가?"

김전무 뒤로 이 회장이 보였다. 부용의 언질을 받기는 했지만 진짜 올 줄은 몰랐다. 이 회장에게도 꾸벅 인사를 전했다. 이 회장은 윤도의 어깨를 툭 쳐주는 것으로 마음을 전해

왔다.

"채 선생님."

기자들 틈바구니에서 성수혁이 손을 흔들었다. 그도 출동했다.

짝짝짝!

뜨거운 박수를 받으며 강단에 올라섰다. 강당이 한눈에 들어왔다. 강연이 끝날 때쯤이면 부용도 도착한다고 했다. 함께 오고 싶어 했지만 중요한 약속 때문에 기획사로 간 그녀이다.

"여러분!"

윤도가 강단을 보며 운을 뗴었다.

"오면서 생각이 많았습니다. 무슨 말씀을 드려야 귀한 시간을 내준 여러분에게 천금의 만족을 드릴지. 하지만 저에게 강연은 늘 어렵습니다. 침에는 구침이 있어 적재적소의 것을 찾기 어렵지 않은데 말은 천만 가지가 넘어 적절한 언어를 찾기 어렵기 때문입니다. 그렇게 보면 저는 천생 한의사가 된 걸 고맙게 여겨야 할 것 같습니다."

윤도가 화두를 펼치자 실내가 더욱 숙연해졌다.

"긴장하지 마시고 편하게 들어주세요. 지금 이 순간, 저는 저 뒤에 쓰인 명의나 신의가 아니라 그저 여러분 선배 중 한 사람으로 서 있을 뿐입니다."

다사로운 눈빛을 보낸 윤도가 화면을 돌아보았다. 자료가 나오고 있었다.

도전.

단어 하나였다. 그 뒤를 이어 수술 장면이 나왔다. 한의술이 아니라 현대 의학의 수술이었다.

"보시다시피 간이식 수술입니다. 여러분도 아시겠지만 우리나라에서 첫 간이식 수술은 서울올림픽이 개최된 1988년이라고 합니다. 이때 국내 첫 간이식 수술에 도전하신 분은 S대 교수님이셨습니다."

"……."

윤도의 말에 학생들이 주목하기 시작했다.

"국내뿐 아니라 아시아 최초의 간이식 수술의 시도였고, 기어이 성공한 날입니다. 그런데 이 당시 이 간이식은 자칫하면 불법으로 살인죄의 처벌까지도 받을 수 있었습니다. 하지만 이분은 환자의 목숨과 자신의 신념을 믿고 수술에 도전했습니다. 심지어는 환자가 가난했기에 수술비까지 사비로 보태가면서 말입니다."

"……."

"그 뒤로 이분은 한국 간이식 수술의 레전드가 되셨지요. 많은 이유가 있겠지만 가장 중요한 건 도전 정신 때문이 아닐까 합니다."

"……."

"최근 저는 침술 특화 대학을 설립하기 위해 한의계의 원로와 현대 의학을 하는 분들을 많이 만났습니다. 그때 현대 의학의 원로 분께서 이런 말씀을 하시더군요. 한의사들이 영역을 넓히려고 하는데 한의학은 한계가 있다. 그러니 결국 갈 길은 의료 일원화다. 한의학을 현대 의학에 편입시켜야 한다는 얘기입니다."

이 말에 학생들이 술렁거렸다.

"500년 전, 이 땅에는 양방이 없었습니다. 300년 전에도 그랬고 100년 전까지도 한방이 이 나라의 의료를 책임지고 있었습니다. 그런데 이 100년 동안에 대체 무슨 일이 일어난 걸까요?"

다시 화면이 바뀌었다. 시간을 두고 첨단 의학의 화면이 보였다. 그러다 마지막은 다시 처음의 간이식 수술 장면으로 돌아갔다.

"바로 이겁니다. 도전. 도전이죠. 양방은 무수한 도전을 통해 눈부신 발전을 이루었고 우리 한방의 도전은 그에 미치지 못했습니다. 안타깝지만 인정할 수밖에 없습니다."

"……."

"어쩌면 우리는 그동안 500년 민족 의학의 기반과 성과에 너무 기대왔는지도 모릅니다. 어쩌면 제가 몇몇 난치병과 불치병에 도전해 성과를 일군 것도 그동안 도전이 너무 없었기 때문에 부각된 것인지도 모릅니다. 만약 더 많은 한의사들께서 허준처럼, 허임처럼, 혹은 중국의 편작이나 화타처럼 수많은 전설적 치료의 역사를 만들었다면 오늘 제가 준비한 자료는 양방이 아니라 한방의 한 장면이었을지도 모릅니다."

"……."

"여러분."

윤도의 시선이 학생들을 향했다. 객석은 누구 할 것 없이 숨을 죽이고 있었다.

"제가 HIV를 고치고 오장육부의 장부에 직접 자침을 합니다. 제가 나무인간 증후군을 고치고 죽은 사람도 살려냈습니다. 나아가 아토피 피부염과 획기적인 치매약, 바르는 고혈압 탕약까지 성과를 이루었습니다. 돌아보면 도전의 연속이었습니다. 그러나 이것 한 가지는 알아주십시오. 제가 여러분의 자리에 앉아 있을 때, 저는 성적도 그저 그런 한의대생에 불과했다는 것."

"……."

"허준 선생도 허임 선생도, 심지어는 편작과 화타도 천재는 아니었습니다. 그들 역시 처음부터 차근차근 도전해 전설이 되고 명의가 되었습니다. 이 자리에 있는 여러분도 그런 사람이 될 수 있습니다. 그러니 여러분, 미래를 걱정하지 말고 오직 환자와 질병을 걱정하시기 바랍니다. 한의사의 영광은 치료와 질병의 퇴치에 있는 것이지 연봉과 좋은 근무 조건에 있지 않습니다. 이 세상에 한의사 노릇 하면서 밥을 굶어 죽는 사람은 없을 테니까요."

"……."

"아인슈타인 같은 분도 그런 말을 했습니다. 인생을 사는 두 가지 방식이 있다. 하나는 그 무엇도 기적이 아닌 삶, 또 하나는 모든 것이 기적인 삶. 여러분의 선택은 어느 쪽입니까? 여러분, 저와 함께 도전합시다. 간이식에 도전한 저분처럼, 수없는 도전으로 새로운 수술과 시술법을 만들어내는 양의들처럼 우리도 도전합시다. 빛이 있으면 어둠이 있듯 한방의 침체는 이제 끝났습니다. 제가 도전하고 여러분이 도전하면 우리 한의학 역시 인류를 수호하는 의료의 중심으로 우뚝 설 수 있을 것입니다. 우리의 하루하루가 기적 같은 날이 될 것입니다. 여러분의 열정 어린 눈빛을 보니 더 확신이 섭니다. 우리는 할 수 있습니다."

강연을 끝낸 윤도가 강단의 끝으로 나와 인사를 올렸다.

"와아아!"

다시 기립 박수가 쏟아졌다.

"채윤도! 채윤도!"

후배들의 열화와 같은 연호도 이어졌다. 그들을 더듬던 윤도의 시선이 앞줄에서 멈췄다. 부용이 도착해 있었다. 사랑은 신묘하다. 수많은 사람들 틈에 있어도 그녀가 보인다. 그녀는 학생들의 박수가 다 끝날 때까지도 박수를 멈추지 않았다.

"멋졌어요."

강단을 내려오자 부용이 꽃다발을 건네주었다. 후배들도 일부 꽃다발을 건네주었다. 후배들과 기념사진을 찍었다. 그때 윤도의 핸드폰이 울었다.

빠라빰빠라빰.

"……?"

전화기를 꺼내던 윤도가 고개를 갸웃거렸다. 소음 때문인지 벨소리가 살짝 다르게 들린 것이다. 전화번호 또한 낯설었다.

'보이스피싱?'

그렇잖아도 분주한 자리라 통화 거절을 눌렀다. 하지만 벨이 또 울렸다. 별수 없이 전화를 받았다.

—Hello, is Doctor Chae there?

전화에서 영어가 흘러나왔다. 영어는 저 홀로 계속 이어졌다.

—여기는 노벨의학상과 화학상을 주관하는 카롤린스카 연구소입니다. 올해 노벨의학상 공동 수상을 통보하며 진심 어린 축하를 드립니다.

“……?”

몇 마디 멘트에 윤도의 몸이 굳어버렸다.

“윤도 씨?”

부용이 다가섰다.

“이 전화…….”

윤도가 전화를 들어 보였다. 부용이 받아 귀로 가져갔다. 전화기 속의 멘트는 바뀌지 않았다.

―여기는 노벨의학상과 화학상을 주관하는 카롤린스카 연구소입니다. 올해 노벨의학상 공동 수상을 통보하며 진심 어린 축하를 드립니다.

“윤도 씨!”

부용이 윤도를 바라보았다.

“장난 전화일 겁니다. 그렇죠?”

“아니에요, 윤도 씨. 노벨상이래요, 노벨상!”

부용이 벼락처럼 윤도의 품에 안겼다.

“와아아!”

기자단 쪽에서도 함성이 일었다. 그들 중 누군가도 정보를 받은 모양이다.

“와아아!”

이번에는 재학생들이 환호했다. 기자들의 말이 그들 귀에 들어갔다. 현장은 바로 열광의 도가니가 되었다.

“채윤도! 채윤도!”

재학생들이 연호하는 가운데 기자들의 카메라가 미친 듯이 집중되었다.

빠라빠라빵.

얼떨떨한 가운데 다시 전화가 울었다. 이번에는 미국의 앤드류였다.

“닥터 채, 스웨덴 카롤린스카 연구소의 전화를 받았습니까? 우리가 노벨의학상 공동 수상을 하게 되었답니다.”

스피커를 타고 흘러나오는 앤드류의 들뜬 목소리. 노벨상 수상이 꿈이 아님을 확인시켜 주었다.

이부용.

그녀가 윤도의 품에 안겼다.

노벨의학상 수상.

그 또한 윤도의 품에 안겼다.

『한의 스페셜리스트』 완결